JN167669

集英社オレンジ文庫

ワケあっておチビと暮らしてます

鈴森丹子

本書は書き下ろしです。

Contents

イラスト／雨宮うり

ワケあって おチビと 暮らしてます

wake atte ochibi to kurashitemasu

プロローグ

この春から高校生になる吉田結良《よしだゆら》は、玄関を開けた瞬間、中にいる見知らぬ小さな女の子と目が合った。

「にぃにだぁ！」

は？

まるで停止ボタンでも押されたように一瞬、思考が止まる。

「誰がにぃにだ」

思わず返してしまったが、これは一体どういうことなのか。

結良は目の前の女の子を凝視《ぎょうし》する。一人暮らしを始めたばかりのこのアパートに、何故《なぜ》子どもがいるのか。部屋を間違えた？　いや、自分の鍵でここを開けて入ったよな？　手元のピンシリンダーキーを見つめながら、結良は静かに混乱していた。

……にぃに？

「あ……」

それまで記憶の片隅にあった「妹」の存在を、結良は唐突に思い出した。

「……お前」

前髪が短めなおかっぱ頭に、黄色いスモックに水玉のズボンを穿《は》いた女の子を見下ろしながら、結良は「妹」の記憶を探る。母親の話によく出ていた。聞き流してほとんど聞いていなかったけど。確か名前は二文字だったはずだ。

「……そら、だっけ？」

それまでにこにこしていた女の子が、みるみるうちに顔を歪《ゆが》めて今にも泣きそうになる。

「違ったか。ちょ、泣くなよ。……ごめんて」

「ゆら、覚えるのにがてなの？　頭わるい？」

「う、うるせぇな」

会うのは二年振りになる。前はオムツをしていて、鳴き声みたいな聞き取れない言葉を発して、たどたどしく歩いていた。目には見えない安全な檻《おり》の中で守られて生きている動物のようだった。それがたった二年で随分《ずいぶん》と人間らしくなるもんだなと妙に感心してしまう。

「ヒントね。最初は『う』でぇ、最後は『た』だよ」

「う……た。あぁ、うただ。思い出した」

ぱっと笑顔に戻りハグを求めるように両手を広げるうたに、結良が一歩後退《あとずさ》ったところで、スーツ姿の「父親」が奥から顔を出した。

「おかえり結良君。申し訳ないけど合鍵で入らせてもらったよ」

「茂《しげる》さん。……どうしたんですか?」

茂と会うのは引っ越しを手伝ってもらった日以来、数週間ぶりだった。

「電話もメッセージも送ったんだが」

言われて結良はポケットを叩くが、そこに探しているスマホはない。

「すみません。スマホ置いて出かけていて……」

慌《あわ》てて靴を脱ぎ、うたを押し退《の》けるようにして部屋の中へ入った結良は、ベッドの上に転がっていたスマホを拾った。

連絡先を登録しているのは母親と茂だけ。友達も恋人もいない結良のスマホが鳴ることは滅多《めった》になく、目覚まし時計代わりのアラーム音を毎朝響かせているだけの代物《しろもの》を、携帯する習慣はなかった。

茂から三件の不在着信と「連絡ください」「今からアパートへ行きます」「うたも一緒だから、申し訳ないけど中に入って待たせてもらいます」とメッセージが送られているのを確認する。

勝手に部屋へ入るのはかまわない。見られて困るものもないし、スマホを持っていなかった自分が悪い。しかし結良の眉間《みけん》には自然と皺《しわ》が寄っていく。

「何かあったんですか？」

どこか落ち着きのない茂の様子から見ても、緊急事態であることは伝わってくる。

「実は、浩子《ひろこ》の会社から連絡があってね」

茂が母親を名前で呼ぶたびに、結良は小さな違和感を覚える。死んだ実の父親が「ヒロちゃん」と母親を呼んでいた記憶が遠くで蘇《よみがえ》るせいだ。

「浩子が会社で倒れて、病院へ運ばれたらしいんだ」

「母さんが？」

滅多に風邪もひかず、体が丈夫なことだけが取り柄だと自負していた母親と、茂の言葉が結びつかず、驚きよりも疑ってしまう。何かの間違えじゃないのかと。

「それで仕事を切り上げて、うたを迎えに行ったんだ。浩子は今、会社の人が付き添ってくれている。これから自分も病院へ行く」

「それなら、俺も」

「結良君には、うたを預かってほしいんだ。詳しいことがまだ分からない状態だから、ここは任せてもらえないだろうか」

一刻も早く病院へ行きたいのだろう。普段冷静なその顔に焦《あせ》りがありありと出ている。母親が倒れたというのは間違いないのだろうと、ここでようやく胸がざわつきだす。

「……分かりました」

ここは茂に任せたほうがいいだろうと、結良は頷《うなず》く。

「ありがとう。うた、パパが迎えに来るまで結良お兄ちゃんの言うことをよく聞いて、いい子で待っているんだよ」

「うかあさん、いつも言ってるよ？ うたはいい子だって」

それは誰だと結良は一瞬思った。「おかあさん」の聞き間違えか。

「そうだな。お母さんの言う通りだ。それじゃ、いつも通りにしてるんだぞ」

「うん。いってっしゃーい！」

置いていかれるこの状況を本当に理解しているのか。うたはにこにこ顔で父親に手を振る。この数分後には「パパがいい」と泣きだすんじゃないだろうか。結良は一抹《いちまつ》の不安を覚えた。

母親は大丈夫なのか。そして自分は本当に子守なんてできるんだろうか。緊急事態なのだから、どうこう言っている場合ではない。そんな結良の不安をよそに、うたの頭を撫でながら目配せを寄越《よこ》した茂は急ぎ足でアパートを出ていった。

部屋に残された、うたと結良。

「さみしい……」

「早《はえ》えよ……」

茂を見送って十秒も経《た》たないうちに、早くもパパが恋しくなるうたに、結良はやれやれと低い天井を仰《あお》いだ。

この幼い妹によって生活が一変することを、この時の結良はまだ知る由《よし》もなかった。

1 「うた、ここでゆらと住む！」

築七年。全六戸二階建てアパートの角部屋一〇三号室。

小さな靴箱が備え付けられたコンパクトな玄関。短い廊下の右手にはトイレ、左手には洗面台と浴室。奥へ進むと四・五畳のダイニングキッチンがあり、簡易的な間仕切りの先には十畳の洋室と、申し訳程度に付いたベランダがある。

一人で暮らすには充分過ぎる広さだが、四歳児が駆け回るには狭過ぎる。

「こら、走るな」

「鬼ごっこする！　ゆらが鬼さんね」

「捕まえた」

一歩走っただけの結良《ゆら》が容赦なくうたの服をつかむ。

「走るなって言っただろーが」

これでもかと言わんばかりにほっぺを膨《ふく》らませて不満を訴えるうたを無視して、結良はどっかりとベッドに腰を下ろした。

切れ長の目をしている茂《しげる》とは対照的に、ぱっちりと開いた大きな目が印象的なうたは父親似ではない。勿論《もちろん》、結良にも全く似ていない。血が繋《つな》がっていないのだから当然だ。

中学三年生の終わりに、シングルマザーだった浩子《ひろこ》は同じくシングルファザーだった茂と再婚し、母親とともに苗字を変えた結良には事実上の妹が出来た。

浩子は家族四人で暮らすことを望んだが、結良はそれを望まなかった。浩子は茂を信頼していて、うたにも愛情を注いでいる。茂は結良を軽《かろ》んずることはなく、妙に干渉《かんしょう》してくることもない。母親の再婚に、結良は不安も不満もない。

しかし同居となると話は別だ。

家族という名目で括《くく》られようと、結良にとっては親の配偶者でしかない茂と、その娘は他人も同然。他人を交えた四人でひとつ屋根の下、家族ごっこをしながら生活するなんて想像しただけでも息がつまりそうだった。

それに何より、結良は子どもが苦手だ。

幸せになろうとする母親の出鼻をくじくようなことはしたくないが、他人と窮屈《きゅうくつ》な生活はしたくない。何とか同居を回避したいと考えた結良は、家から通学するには不便そうな、辺鄙《へんぴ》な場所にある高校を受験し、これに合格すると高校の近くのアパートで一人暮らしをさせてほしいと親に懇願《こんがん》した。

浩子は最初こそ渋ったものの、高校は同じ市内で、茂の会社と方向も同じであることから最終的には首を縦《たて》に振った。県外の高校や寮制度のある高校に行くという選択肢もあったが、同居を露骨に避けるよりは、こうした方が自然で母親も納得するだろうという、結良の思惑《おもわく》通りになった。話が決まると茂はすぐ入居できるアパートを探してくれた。

中学を卒業すると浩子は茂のマンションへ引っ越し、結良はアパートで一人暮らしを始めた。この先進学しても就職しても一人暮らしをして、盆や正月くらいしか家に帰る気がない結良の頭には、妹の存在は親戚の子どもくらいにしか認識していなかった。

「それじゃ、かくれんぼする。ゆら、鬼さんね。目ぇつぶって十数えて」

頭をかきながら目を瞑《つぶ》る結良を確認して、うたはベッドの下へ潜《もぐ》り込む。

「もぉーいーかぁーい？」

尻の下から声が聞こえてくる。

「お前が言うのかよ」

「あ。間違えちゃった。もぉーいーよぉ！」

面倒くさい。目を開けた結良はこっそりため息をつくと、座ったまま、ベッドの下からちょこんと出ている足を引きずり出した。

「あー。もう見つかっちゃったぁ。もーいっかいね！」

「もう隠れる場所なんてないだろ。かくれんぼも終わりだ」

洋室にはベッドと、折りたたみ式のローテーブルがあるだけ。他に家具と呼べる物はない。奥行きのないクローゼットには、まだ荷解きできていない荷物が詰め込まれている。

小型のツードア冷蔵庫と電子レンジしかないダイニングキッチンにも、身を隠せるような場所なんてない。

「ゆらのおうち、何もない」

「悪かったな」

「おやつは？　子ども園はね、三時におやつ食べるんだよ？」

壁を指すうたにつられて壁掛け時計を見れば、午後三時を少し過ぎたところだった。

「ここは子ども園じゃねぇから……」

待てよと結良は言葉を止めると、身を屈《かが》めてうたと目線を合わせた。

「あるぞ菓子。食うか？」

「やったー、食べるぅ！」

「よし。待ってろ」

何か食わせておけば大人しくしているだろうし、腹が膨《ふく》れれば寝るかもしれない。そう考えた結良は立ち上がると、キッチンでスナック菓子やチョコレート、パンや紙パック入りのジュースなどあるだけかき集めた。

「ほらよ」

ローテーブルの上に菓子を山のように積むと、うたはキラキラと目を輝かせた。

「これ、食べていいの？　うたが食べていいの？」

「好きなだけ食え」

「うわぁ！　手、洗ってくる！」

そう言って駆けだしたうたがトイレに入っていく。

「待て、そっちじゃない」

やれやれと後を追い、反対側の洗面台を教えるも、うたの背では蛇口に手が届かず、踏み台や椅子もないため仕方なく身体を持ち上げてやる。

不意に、初めてうたに会った日のことを鮮明に思い出した。

結良は中学二年生だった。

休日の夜の来客。事前に話は聞いていた。事務をしている浩子の職場と取引がある会社の課長だと紹介され、浩子とお付き合いを始めたと家に挨拶《あいさつ》に来た茂には、幼い娘がいた。

娘が一歳の時に妻が病死し、一人で娘を育てているシングルファザーだった。

まだ二歳だったうたを、まるで我が子をそうするように優しく抱き上げた母親の、愛《いと》おしそうな顔が印象に残っている。

洗面台の鏡に映っている、うたを持ち上げている自分のスンとした顔にはまるで「子どもは苦手」と書いてあるようだ。あの時の母親の顔とは似ても似つかないなと、結良は思った。

いざ菓子を開封して、うたを黙らせるためにおやつパーティーを開催。

しかし、結良の思惑通りにはいかなかった。

「こんなにおかし食べたの初めて。今はブッカダカでセーカツクだから、いつもはこんなにもらえないんだもん。はぁ夢みたいだなぁ。おかしの国のお姫さまになったみたい」

チョコレートまみれのお姫様の口は、食べたり喋《しゃべ》ったりでずっと動いている。結構な量をそのぽっこりとした腹に収めているはずなのに、口はまだ止まることを知らず、眠くなっている様子もない。むしろ興奮気味でお目めぱっちり。

「物価高とか生活苦とか、四歳児がどこで覚えてくんだよ」

「つむちゃんが言ってる。ネアガリが止まらないんだって。子ども園のお友達なの」

「どんな子どもだよ」

「だからね、何でも大事にしないとダメなんだって、つむちゃんいつも言ってるよ」

「いい子じゃねぇか」

うたは菓子を片っ端《ぱし》から開けて食い散らかしたりはせず、行儀よく味わうように大事に食べている。

「つむちゃんはね、うたの一番の、なかよしさんなんだぁ」

お菓子の国のお姫様はチョコレートを食べ終えると、今度はミニクリームパンを手に取って「うふふ」と笑う。

「ゆらぁ」

「何だよ」

「久しぶりに会えたね」

伸ばした手でミニクリームパンを摑み、ぱくりと一口で食べた結良は、しばらく黙って咀嚼《そしゃく》した。

「……前に会ったとき、お前はまだ赤ちゃんだったぞ」

「うん。覚えてるよ。ゆら見て、すぐわかったもん。にぃにだって。ゆらのこと、うかあさんからいっぱいお話聞いてるよ。だからね、また会いたいなって、ずっとずっと、思ってたんだぁ」

「そうか」

四歳のうたが二年前のことを覚えているわけがない。戯《ざ》れ言《ごと》だろう。

「良かったな」

「うん！」

感情のこもっていない言葉にも元気全開で返してくるうたに、結良は半ば呆れていた。

それにしても。うたはよくしゃべる。母親が朝ごはんに作ってくれたオムレツが美味《おい》しかったとか。子ども園の給食で大好きなバナナが出たとか。今日の出来事を嬉々《きき》として結良に聞かせるうたの話は一向に止まらない。そして話題は食べ物に関する内容が多く、食いしん坊であることが窺《うかが》える。

相手をするのも面倒で、しかし暴れられるよりはマシかと結良は適当に相槌《あいづち》を打つ。

「ゆらぁ」

「何だよ」

「うかあさん、心配？」

「……そうだな」

「だいじょーぶ。パパがいるもん。心配しなくていいよ。うかあさん、元気になるよ」

まるで自分に言い聞かせるようにうたが言う。うたも不安なのかもしれない。そんな風には見えないが。

今は無事を信じて待つこと以外、二人にできることはない。

「……さっきから気になるんだよな。うかあさんじゃなくて、おかあさん、な」

「おかあさん！」

「……ちゃんと言えるじゃねぇか」

「うかあさんの作るハンバーグ大好き！」

「……なるほどな。理解した」

　気にするだけ無駄のようだ。

　うたがジュースを飲んでいる隙《すき》に、結良は残りのクリームパンを口へ放り込んだ。

　うたはまるで元気の塊《かたまり》が服を着ている生命体だった。たった一時間おしゃべりの相手をしただけなのに、既《すで》に少なくはない疲労を感じている。そもそも誰かと長時間ともにすること自体が苦手なのだ。一人暮らしで本当に良かったと、結良は改めて思った。


　茂が戻ってきたのは午後七時前。その十分前にようやく眠ったうたを抱《かか》えて、茂は自宅マンションへと帰っていった。

　やっと静かになった。

　ローテーブルに広がったままだった、うたが寝落ちするまでお絵描きをしていたノートやペンを片付け、結良は茂が夕飯にと買ってきてくれた牛丼に手を付ける。

母親は妊娠している。茂からそう聞いたとき、結良は大して驚かなかった。

二十四歳で結良を産んでいる浩子は現在三十九歳で、茂の年は浩子の二つ上。二人の年齢からしてその可能性はあるだろうと、親戚間で囁《ささや》かれているのを結良は知っている。遠方に住んでいる母方の祖父母が、複雑な環境に身を置く孫を心配して電話をくれた際にそんな話をしていた。突然出来た妹のうたに加え、父親の違う弟か妹も出来るかもしれない。そんなのは結良が可哀そうだと。

別にいい。それが結良の正直な気持ちだった。

一緒に暮らすわけではないから尚更《なおさら》だ。

安定期に入ってから結良には話すつもりでいたが、その前に浩子が倒れてしまったと茂は話した。今は回復してお腹《なか》の子どもも無事だが、しばらくは絶対安静のため入院するという。

とにかく無事で良かった。安心したら腹が減って、牛丼をぺろりと平らげるとそのまま風呂へ入った。心労を湯船に溶かしてさっぱりと出てきたところで、スマホに二件のメッセージが届いているのに気付く。

一つは茂から、娘を預かってもらったお礼と労《ねぎら》いの言葉。もう一つは母親から、心配をかけたお詫びと、明日の登校初日に向けてのエール。朝ごはんをしっかり食べていくようにと追伸もある。

「人の心配してる場合かよ」

呆れるように呟《つぶや》いて安堵《あんど》する結良は、歯を磨くと早々にベッドへ入り、スマホのアラームをセットした。部屋の明かりを消して目を閉じる。結良の唯一《ゆいいつ》の趣味にして幸福な時間。それは睡眠である。

色々あった一日だった。

思わぬかたちで再会した、うた。ほぼ初対面に近いのに「にぃに」と呼んでくる馴れ馴れしさや、電池が切れない限り動き続ける玩具《おもちゃ》みたいなパワフルさは、呆れを通り越して不思議議にすら感じた。

疲れたな。結良は吹き飛ばすように大きく息を吐きだし、もうしばらく会うこともないだろうと、心穏やかに眠りについた。


冷え込みが和《やわ》らいで暖かくなったのを感じる四月上旬、金曜日の朝。

朝が苦手な結良は、珍しく一度目のアラームで起床《きしょう》した。疲労のせいか昨夜はよく眠れた。

一人暮らしを始めて半月。小学二年生のときに父親を亡くした結良は、専業主婦だった母親の浩子の就職先が決まると、生まれ育った名古屋《なごや》から、快速電車に乗れば三十分ほどの距離にある岡崎《おかざき》へ引っ越し、新天地で母子《おやこ》二人助け合って暮らしてきた。

料理、洗濯、掃除。どれも小学生からやってきたから最低限は身についていて、初めての一人暮らしでも困ることはさしてない。

朝食をしっかりと食べて歯を磨くと、真新しい高校の制服に腕を通した。グレーのジャケットとネクタイに、チェック柄のズボン。中学は標準型学生服だったから、初めて着用するネクタイの結び方は動画を検索して練習した。

高校までは徒歩十五分。走れば七分の距離。自転車は持っているが、駐輪場に限りがあるのを理由に徒歩圏内の自転車通学は認められていない。複雑な道はなく、周辺の地図は大体頭に入ったから迷うことはない。準備は万全と言える。

いよいよ今日から高校生活が始まる。

学校が変わる。中学生から高校生に変わる。ただそれだけのこと。今までもそうだったように、学校生活に不安もなければ期待もない。

玄関で、ハンカチをちゃんと持ったかポケットの上から確認する。タオル生地《きじ》よりも綿の肌触りを好む結良は、毎朝ハンカチにアイロンをかけるのが昔からの日課だ。紐《ひも》をしっかりと結んで靴を履《は》くと、ふらりと買い物にでも出かけるようにアパートを出た。

教頭が冒頭で噛んだ開式の辞から始まった入学式は滞《とどこお》りなく終わり、結良を含めた新入生たちは体育館からそれぞれの教室へと移動する。

校舎二階に位置する教室へ入ると、案内係の上級生からクラス名簿が渡され、名簿順に席へ着くよう指示される。結良は窓際《まどぎわ》の最後列の席に着いた。担任の先生が来るまで待機するように言って上級生は去っていく。

このクラスは全員で二十四人。共学で男女比率は半々。女子の制服はズボンかスカート、ネクタイかリボンを選べるが、デザインは男子の制服と同様。同じ服を着て寄せ集められたクラスメイトに、見知った顔はない。教室のあちらこちらでグループが出来ていくなか、あっという間に孤立した結良は、しかし焦《あせ》ることなく頬杖をついて窓の外を眺めた。

高身長な結良は入学式から目立っていた。椅子に座ってもなお威圧的なデカさと、人と目を合わせようとしない非友好的な態度に、声をかけようとする物好きはいない。結良もまた誰かに声をかけようとはしない。友達を必要としない結良にそんな気は更々なく、俺を視界に入れてくれるなとばかりにクラスメイトたちに背を向ける。

そんな結良にも、かつては友達がいた。それも親友と呼べるほどの。

学校でも放課後でも、いつも一緒に遊んでいた。喧嘩も一度だってしたことがなく、とにかく気が合った。ずっと親友でいられると思っていた。しかし小学二年生で結良が転校すると、親友とはそれきりになった。

新しい学校には馴染《なじ》めず、一人ぼっちがすっかり板について不愛想な中学生に成長した結良は、ひとりの方が性《しょう》に合っていることに気付くと一人も友達を作ることなく卒業し、高校生になった今でもそのスタンスは変わらない。

「ねぇ」

不意に声をかけられた。

そんな気がしたが、気のせいだろうと結良は振り向かなかった。

山の中に建つこの高校の景色は緑が多く、目に優しくて気分もいい。燕《つばめ》がどこかへ飛んでいくのを見るともなく見ていた。

「結良……だよね？」

名前を呼ばれてぎょっとする。

クラスに見知った顔はなかったはず。並の偏差値で特色も知名度もなく、生徒のほとんどが地元民であるこの学校に同じ中学出身者がいるとは思えないし、そもそも中学に下の名前で呼んでくるような友人などいなかった。

それなのに。遠い何かを思い出しそうな、そんな妙な懐《なつ》かしさを覚える声だった。結良は不思議な気持ちで、訝《いぶか》るように振り返る。

「……誰？」

そこには知らないアイドルがいた。

正確には、クラスメイトであろう男子だ。女子のようにぱっちり二重《ふたえ》が印象的な整った顔立ち。ニキビの痕《あと》すらない透明感のある肌。まるで雑誌の表紙から出てきたようなアイドルと見紛《みまが》うほどの容姿の、いわゆるイケメンが、結良の隣に立っている。

結良は睨《にら》んだつもりではなかったが、冷たい印象の三白眼《さんぱくがん》に見つめられたアイドル風イケメンは一瞬怯《ひる》んだ。しかし天性の爽《さわ》やかさでもって微笑み返す。

「僕のこと、覚えてる？」

「知らないな。悪いけど」

こんな知り合いは、おそらく前世を遡《さかのぼ》ったっていない。でも考えてみれば名前を知られていても何ら不思議はない。名簿が配られているうえに、番号順に着席しているのだ。二十四番の吉田《よしだ》結良。最後尾にいる結良は、一番の相原《あいはら》という生徒と同様に分かりやすい。

「そうだよね」

アイドルは少し寂しそうに力なく笑う。

「お互い随分《ずいぶん》と変わったから、分からないよね。それじゃ、ヒントをあげる。これで絶対分かると思うよ」

　分かるか。誰だよ。絡《から》んでくるなよ。結良は今度こそ睨んだ。

「小学校の入学式で、校長先生を転ばせた犯人です」

　空いている隣の席に座って、自分を指差し満面の笑みを浮かべるアイドルの一言で、瞬時に遠い何かを思い出した結良はハッとする。

　思い当たる人物が、一人だけいた。

「……陽樹《はるき》、か？」

　まさかと思いながら、恐る恐る尋《たず》ねた。

「ほらね。分かったでしょ？」

　陽樹は嬉しそうにしながら、どこか悪戯《いたずら》っぽく笑った。


　あれは今からちょうど九年前の春。

　大きなランドセルを背負い、名古屋の小学校に入学した結良は、体育館で集合写真を撮るため列に並んでいた。誰よりも背が小さかった結良は最前列にいた。

　まだ緊張が解けない新入生の列の前を横切ろうとした校長が、突然バチーンと音を響かせて派手に転んだ。床の上に倒れた校長は、心配する保護者と、笑いだす新一年生に向かって「慣れないスリッパで躓《つまず》きました」と苦笑いをしていたが、結良は見ていたのだ。すっとぼけた顔をしている前歯の抜けた男の子が、校長の足を自分の足で引っかけたのを。なんて悪い奴だ。こいつとだけは絶対に関わらないようにしよう。

そう思っていたのに。一学期を終えるころには、気が付けば彼は結良の、唯一無二の親友になっていた。それが、陽樹だった。

机の上に置いたままだった名簿に目を落とす。そこには五番、久保《くぼ》陽樹の名前が確かに記されていた。

「え……。は……？」

どうしてお前がここに？

「名古屋から通ってるわけじゃないよ」

まるで結良の心の声を拾ったかのように陽樹が答える。

「実家からだと遠いからね。こっちにいる親戚の家から通わせてもらってるんだ」

「……わざわざ遠くから来るような特色のある高校でもないだろ、ここは」

「そう？　少人数制でのびのびできそうだし、自然に囲まれた環境も僕は気に入ってるよ」

田舎《いなか》を馬鹿にした言い方ではないが、話をはぐらかしている態度が少し引っかかる。

「結良の苗字が変わったって、最近噂で聞いたばかりなんだけど。それを名簿で見つけたときは驚いたよ。結良もこの学校だったなんて知らなかったから」

　結良の頭に真っ先に浮かんだのは、叔母《おば》だった。名古屋には親戚がいる。特に実の父親の妹は口が軽く、陽樹と同じ中学に通っている娘もいる。父親の地元で母親の再婚が知られていてもおかしくはない。

「こんなことってあるんだね。また一緒になれて嬉しいよ」

「あぁ……」

　奇跡の再会にはしゃぐ陽樹の横で、結良は驚きの表情で固まったまま困惑《こんわく》していた。状況を理解するのがやっとで、動揺するばかりの心が陽樹のそれに追い付かない。

「それにしても、結良。大きくなったね。身長いくつあるの？」

「……百八十二」

「うわ。僕より十五センチも高い。何を食べて生きてるの？　あの一番チビだった結良が」

「そっちこそ。別人じゃねぇか」

　一体何を食べたら、日焼けして真っ黒だったイタズラ小僧から、色白爽やかアイドル風に進化するのか。これが本当にあの陽樹なのかと、結良はまだ少し疑っていた。

「まぁね。お互い、色々あったってことかな」

　たった二年でうたが大きくなったんだ。七年も経《た》てば人は変わるものかもしれない。

いや、変わり過ぎだ。まるで面影《おもかげ》がない。まぁ、人のことは言えないけど。結良は一言「そうだな」と返した。自分だってチビでおしゃべりだったあの頃の面影など、一ミリたりとも残していないのは自覚している。

「………………」

「………………」

お互い変わり過ぎたせいだろうか。一度途切れてしまった会話が続かない。しかし結良から話したいことは、特になかった。

「元気だったか？」と聞くのが野暮《やぼ》に思えるほど、陽樹は心身ともに元気そうだ。きっと楽しく充実した小中学校生活を送ってきたのだろう。その隣に自分がいなくとも。

「そうだ、結良。連絡先交換しようよ」

二人の間に漂うぎこちない空気を、陽樹がスマホを取り出して断ち切った。一瞬、躊躇《ためら》った結良だが、断る理由もないためバッグの内ポケットで眠っていたスマホを起こす。

互いの連絡先を交換し終えたところで、黒板前に集まっている複数の男女グループから「久保くーん」と陽樹を呼ぶ声がした。

「呼ばれてんぞ」

「うん。それじゃ、また」

席から立ち上がり、結良に軽く手を振った陽樹は呼ばれた方へ吸い込まれていくと、自然と輪のなかに溶け込んだ。

社交的な性格だけは昔と変わっていない。初日だというのに、既に陽樹は人気者の地位にいるようだ。陽樹が入ったとたんに賑《にぎ》わいだすグループには、次々と人が集まっていく。

再び頬杖をつき、結良は窓の向こうの新緑へ目を向けた。風のない穏やかな空には飛行機雲が浮かび、暖かな春の日差しが降り注いでいる校庭には束《つか》の間《ま》の静寂《せいじゃく》が流れている。

まさかの旧友との再会。

平穏な景色を眺める結良の胸中には、まだ驚きの余韻《よいん》が残っている。しかし結良にはもう一つ、密かに驚いていることがあった。

『嬉しいよ』

陽樹はそう言っていたが、結良はその言葉に共感できずにいた。

その時は驚きの方が勝っていたからだと思っていたが、少し落ち着いた今でも、再び陽樹と会えて嬉しいという感情が、正直湧いてこない。それは驚きというよりも、自分の薄情な一面を見たようで、軽いショックを受けている。

それでも。沢山の仲間に囲まれて笑顔でいる陽樹を見て、少しホッとしている。陽樹が自分みたいになっていなくて良かったと。

転校してから、友達がいないことを寂しいと思ったときもあった。しかし中学生になる頃には、一人の気楽さや自由が心から好きになっていた。好かれもしなければ嫌われもしない、身体がデカいせいかいじめられもしない、誰にも左右されない自適な学校生活を結良は気に入っているし、かつての親友と再会したからといって、それを今更変えようとは微塵《みじん》も思わない。

自分は変わってしまったけれど、変わらずクラスの中心で笑っている陽樹の姿はどこか嬉しく、懐かしい。結良はひとり教室の隅で、賑わいが増していくクラスの喧騒を背に目を閉じた。

自分たちは変わった。それだけの月日が流れた。ただ、それだけのこと。心を落ち着かせた結良は、再会に縁があるこの二日間に思いを馳《は》せるわけでもなく、少しサイズが小さい机で楽に寝られる姿勢を密かに模索《もさく》する。今後の学校生活において、それは最も重要なことだった。

帰宅が許されると結良は黙ったまま席を立ち、そのまま教室を後にした。

保護者同伴の指定はなかったが、入学式にはほとんどの親が出席していた。新入生たちは体育館で説明会に参加していた保護者と合流し、正門に設置された入学式の立て看板で記念撮影をしようと列をなしたり、クラスが分かれてしまった地元の友人を見つけて校庭で話し込んだりしてなかなか帰ろうとしない。そのなかを、結良はまるで通り抜ける風のように横切っていく。

暑くなって脱いだブレザーを抱えて校門を出ようとすると、立っていた職員に頭を下げられた。どうやら父兄と間違えられたようだ。

まだ見慣れずよそよそしい道を進みながら、昼食は何にしようかと考える。肉が食べたいと思いながら横断歩道を渡り、ボリュームが欲しいと思いながら角を曲がる。決まらないまましばらく歩いていたらスマホが鳴った。母親だろうとバッグから取り出せば、それは陽樹からの初着信だった。

『あ。結良？』

予想外の相手に面食らいながら、スマホを耳に当てれば屈託のない声がする。

「おう。何？」

まったく見当もつかない電話に、警戒している自分に気付く。

『今どこ？　駅の隣に地元で有名なバーガーショップがあるんだって。これからみんなで行こうって話してるんだけど、結良も一緒に行こうよ』

周りの喧騒から、まだ相手が学校にいるのは察しがついた。

「あそこのバーガーは美味《うま》いぞ。でも俺はいい」

悩む間もなく断ると、結良は「じゃあな」と電話を切った。

高校最寄《もよ》りの小さな駅の隣にある個人店のことを言っているのは分かった。引っ越し作業を手伝ってくれた茂に「地元じゃ有名らしい」と連れられて行ったことがある店だ。

結良はそこでベイビーバーガーという店の名物を食べた。名前とは裏腹にボリュームのあるバーガーで、赤ちゃんの顔が隠れるほどの大きさがあることが商品名の由来《ゆらい》。食べ応《ごた》えもさることながら味も絶品で有名であることに納得のいく店だ。ちょうど結良の昼食候補にあがったところだった。

ベイビーバーガーは諦《あきら》めよう。

「昼飯はハンバーグにするか」

ひとり呟き、アパートへ帰った結良はさっさと部屋着に着替えると米をといだ。

米を炊いている間に冷蔵庫を開けてひき肉と卵と玉ねぎを取り出すと、コンパクトなキッチンに包丁とまな板、ボウルを広げる。そして黙々と手を動かしてハンバーグのたねを作っていく。

冷蔵庫で休ませたたねを成形して、フライパンで焼いていく。静かな部屋にパチパチ、ジュワーと肉の焼ける音だけが響く。腹は減っているが、時間はあるから丁寧《ていねい》に作る。好物なら特に。

そうして出来上がった特大ハンバーグを、炊き立ての白飯と一緒にかき込みながら食べる。野菜も食べなさいとうるさい母親の声が聞こえてきそうなのを、野菜ジュースを飲み干して霧散《むさん》させる。

あっという間に完食し、腹が膨れた結良はようやく心の底から落ち着いた心地がした。昨日は母親が倒れ、茂の娘の子守を余儀なくされた。今日は高校で七年ぶりに陽樹と再会した。

うたの相手は疲れたし、陽樹には驚かされたが、もうこれ以上のことはないだろう。無事に入学もできて、一人暮らしにも慣れて、また明日から平穏な日々を、自分らしく淡々と過ごしていくだけだ。結良は満足げに「ごちそうさま」と手を合わせた。

後片付けを済ませると昼寝をし、部屋と風呂の掃除をするとまた昼寝をして、夕方になると自転車に跨《またが》りコンビニへ行き、靴下を買った。冬服と一緒にしまってしまったのか予備の靴下が見当たらず、探すのも面倒で、ついでに、うたに食べられた（結良も一緒になって食べていたが）菓子も買った。

アパートへ戻り、玄関を開けたところでスマホが鳴る。ちゃんと携帯するようにはなったが、位置は定まっていなかった。どこに入れたっけとズボンの両ポケットを叩き、左ポケットに入っているのを確認。取り出しながら結良の脳裏には母親と陽樹の顔が浮かんでいたが、着信は茂からだった。

夕食を一緒に食べないかという内容だった。母親の状況を聞きたい結良は了承した。

茂が街のデパートで総菜を買い、うたと一緒に結良のアパートへ来ることになった。食器は一人分しかないため、割り箸《ばし》や紙皿、紙コップも買ってきてもらうように頼んだ。

それから一時間ほど経った頃、寝転がって漫画を読んでいた結良の耳が砂利を踏むタイヤの音を拾った。結良は駐車場を契約していないが、アパートの隣にある砂利を敷き詰めただけの空き地を、大家が来客用に無料で開放してくれている。

ほどなくして部屋のインターホンが鳴る。来ることは分かっているし合鍵を持っているから勝手に入ってくるのではないかと思ったが、茂は結良が内側から玄関を開けるまでうたと外で待っていた。家に帰っていないのか茂は昨日と同じスーツ姿、うたは黄色いスモック姿でいる。

「こんばんはぁ。おじましまーす！」

入るなり抱きついてくるうたを見下ろし、厚かましいなと結良は内心で呟く。足にしがみついて離れないうたをそのまま引きずって歩くと、うたはキャーキャー喜んだ。

「すっかり懐いたね」

笑っていないで何とかしてほしい。顔には出していないが歓迎していない結良を察したのか、茂が脇腹をくすぐってうたを足から剝《は》がす。

「ゆらぁ。パーチーするんだよ。いーっぱい買ってきたんだよ。ね、パパ！」

見れば茂は大きな紙袋を提《さ》げていた。食欲をそそるいい匂いもする。

「料理は苦手でね。美味い店には詳しいんだ」

「ありがとうございます」

差し出された紙袋を受け取ると、ずっしりと重たい。

「随分たくさん買ったんですね」

紙袋の上には、頼んでおいた紙皿や紙コップや割り箸。それらを取り出して下から出てきたのはケーキ。それから大皿のオードブルと寿司とお茶。とてもローテーブルに載《の》りきる量じゃない。

「ゆらぁ。おたんじょーび、おめでとう！」

「違うよ、うた。結良君、高校入学おめでとう」

「どうも」

母親の差し金であろうことは、結良の好物ばかり寄せ集めたような料理とショートケーキを見れば一目瞭然《いちもくりょうぜん》だった。

「早く食べよ。うた手、洗ってくるー」

尻尾を振る子犬が飛び出していくように、うたが駆けだす。

「だから、そっちはトイレだぞ」

洗面台に行ったところで踏み台もない。結良は仕方なく後を追うと、昨日と同じようにうたを持ち上げて手を洗わせた。

ケーキは食後に食べるとして冷蔵庫へしまい、料理は紙皿に分けて盛ることで何とかテーブルに並べることができた。

山盛りのご馳走《ちそう》を前に目を輝かせながら手を合わせ「いただきます」をしたうたは「おほほほほ」と謎の笑い声をあげて唐揚げをかじる。今度はご馳走の国のお姫様にでもなったのだろう。

「結良君、浩子から連絡はあった?」

「はい。今朝、電話で少し話しました」

「そうか。出勤前に一度会いに行ったんだ。随分顔色も良くなっていたよ」

点滴を打ったら回復したという母親は調子に乗り、一時帰宅して入学式に出席すると言いだした。冗談に聞こえなかった結良は「寝てろ」と一言だけ言い残し、電話を切った。

「それで、退院はいつになりそうですか？」

「それは、しばらく様子を見ないと分からない。……今は、とにかく母子の健康を最優先に考えようと思う」

汚れたうたの口周りを拭《ふ》いてやりながら答える茂は、さっきからほとんど食べ物を口にしていない。言葉も歯切れが悪く、体調でも悪いのかと心配していると、茂は重たげにその口を開いた。

「実は、しばらくうたを親戚に預けようと思っているんだ」

気まずそうに茂が見つめる先で、当の本人は食べることに夢中になっている。

「大きな仕事を任されていてね。これから残業も多くなるだろうし、出張の予定もある。浩子のサポートはできるかぎりするつもりだ。幸い、病院も自宅に近い」

母親が入院している総合病院はうたたちが暮らしている市街地にあり、茂が自家用車で通勤する道沿いに建っている。面会は午後一時から八時までと決まっているが、家族であれば朝の時間も病室への出入りを許されていて、茂は毎朝出勤前に必要なものを届けたり様子を見に行く予定だと言う。

「そうなると、うたの送迎が難しくなる。延長保育も間に合いそうにないんだ。夜に一人で留守番をさせるわけにもいかない」

　パリッと春巻きをかじりながら、適当に相槌を打つ。茂の言葉に嘘はなく、どの料理も美味くて箸が進む。

「隣県にいる兄夫婦に相談したら、うたを預かると言ってくれたんだ。可愛がってもらっているから、うたも懐いている。この週末には連れていくつもりだ」

　それなら何も問題はないだろう。結良が「そうなんですね」と返したときだった。

「うた行かないもん」

　それまで黙って（正確には口いっぱいの食べ物をよく噛んでいて、物理的にしゃべることができなかっただけなのだが）大人しく食べていたうたが、ミニトマトを手に反抗した。

　頬っぺたを膨らませているが、ムッとした表情からトマトを口に詰め込んでいるわけではなさそうだ。

「……なんか、嫌がってますけど？」

　結良の言葉に「うんうん」と頷いて意思表明をするうたの横で、茂は気難しい顔をした。

「うた、伯父《おじ》さん好きだろ？　うたに会うのを楽しみにしてるよ」

「おいたん好き。うたも会いたい」

「それなら……」

問題ないだろう。そう言いかけた結良を、向かいに座るうたが物言いたげに睨む。その瞳はみるみるうちに潤《うる》んでいく。

「うた行かない！　子ども園、やめたくないもん」

唇を尖《とが》らせ、拗《す》ねたように下を向くうたの頭を茂がなでる。

「辞《や》めるんじゃない。ちょっとの間、お休みするだけだよ」

優しく諭《さと》す茂の言葉を振り払うように、うたはぶんぶんと首を振った。

「やだ。おいたんちに行ったら、つむちゃんと会えなくなるよ。うた行かない！」

言うことをまるで聞かない娘から、結良に視線を戻した茂がため息をついた。

「何度説得しても、この有り様でね。兄夫婦のところへ行けば当然こども園は休まなくてはいけないが、その間、友達に会えないのが嫌だと言ってきかないんだ」

「はぁ」

このご馳走には、もしかすると説得するのに手を貸してほしいという思惑が盛られているのだろうか。

無理だろ。こんなに嫌がっているんだ。実の父親が言っても聞かないのに、他人も同然の自分にできることなんてない。

でも……。結良は食べる手をいったん止めた。

「……昨日の今日で一時帰宅しようとするくらい元気なんだ。すぐに退院できるだろ」

この美味い料理と食後のケーキ分くらいは働くかと、結良は説得を試みることにした。

「うた。お前はお姉ちゃんになるんだぞ。少しくらい辛抱《しんぼう》しないとな」

努めて優しく言葉を投げかける。

うたはゆっくりと顔を上げた。

「ぜーったい、やだ！」

涙をぐっと堪《こら》えて訴える。

その姿に一瞬だけ、昔の自分が重なった。

転校が決まり、陽樹と離れ離れになると知った日の夜。父親とも死に別れて、今度は親友とも会えなくなる。悲しくて、寂しくて、胸が張り裂けそうで耐えられなかった八歳の結良は部屋に閉じこもり、朝になっても部屋から出ず、食事も摂《と》らずに抗議して母親を困らせた。

「パパは必ず迎えに来る。そうしたら、また毎日友達に会えるじゃねぇか」

当時の結良より小さなうたにとって、親とも友達とも離れてしまう日々など想像しがたく、大きな不安を抱えているのだろう。気持ちは分からなくもない。しかし、うたの父親は生きているし、転園もしないからまた友達にも会える。辛《つら》いのは期間限定で、平穏な日々は再び戻ってくる。必ず家へ、子ども園へ、自分の居場所へ戻ってこられる。

「大丈夫。少しの間我慢すれば、戻ってこられるんだから。な？」

言えることは言った。

ひと仕事終えた結良は心置きなく食事を再開し、唐揚げを自分の取り皿へ運ぶ。茂にマヨネーズとレモンを差し出され、結良は迷わずレモンを受け取る。

「可哀そうだが、心配ない。向こうへ行けば兄夫婦が良くしてくれるから、きっと楽しく過ごせるはずだ」

「そうですね」と、結良は唐揚げにレモンをかける。

「つむちゃんいないと楽しくない。うた、おいたんちに行ったら、逃げるもん！」

「脱走はダメだぞ」と、結良は大きな唐揚げを箸でつまむ。

「あ。いいこと考えたっ。うた、ここでゆらと住む！」

「……は？」と、唐揚げを口へ運ぼうとした結良の手が止まる。

「ここから子ども園かよう。ゆらと一緒にいる！」

「……無理に決まってるだろ」

何を言いだすんだと、結良は呆れながら箸を置いた。茂もうたの言葉に驚いた様子で
「それはダメだよ」と首を横に振った。

「なんで？　ゆらは、うたのにぃにだから、家族でしょ。家族なら、一緒に住んでもいいでしょ？」

こっちは家族だなんて思っていない。喉《のど》まで出かかった言葉を飲み込む。

「ねえ、どうして？　なんで無理なの？」

「うた、よしなさい。結良君が困っているだろう」

「パパじゃなくて、ゆらに聞いてるんだもん。なんで無理なの？」

なんで？　なんで？　と繰り返すうたに、結良は頭をかいた。

「それは。……ここは部屋が一つしかないだろ。つまり、一人で住む家なんだよこの家は」

「一つのお部屋で三人でもいいんだよ。パパと、うかあさんと、うたと、三人で一つのお部屋で寝てるよ。今は二人だけど、一人じゃないよ」

一つの寝室に三人で寝ているから大丈夫だと、うたは言いたいらしい。

そういうことじゃないんだよ。

話が通じないなら仕方ないかと、結良は本音をぶつけることにする。

「ハッキリ言うぞ。俺は一人が好きなんだよ。一人でいたいんだ。だからここに一人で住んでるんだ。分かったか？」

言った後で、四歳相手にさすがに大人げなかったなと思う。

「そうなんだぁ。うん、分かったよ」

結良の密かな反省をよそに、うたは意外にも納得したようだ。

子どもというのは単純だから、回りくどくごまかすよりも正直に言った方が案外伝わるのかもしれない。

「ゆらと一緒にいる！」

伝わっていなかった。

「にぃにのゆらは、シンボーしてね」

「辛抱？　何で俺が」

「おねぇちゃんはシンボーしなさいって、ゆら言ったよ？　だったら、にぃにもシンボーできるよね」

「なっ……」

自分の放った言葉が、思わぬかたちでブーメランになって飛んできた。

「だいじょーぶ！　少しの間のがまん、でしょ？」

しかもダブルで。

冗談じゃない。

必死になって断る言葉を探していると、茂のスマホが鳴った。一言「すまない」と言って電話に出ると、そのまま廊下へ出ていく。

「……忙しそうだな」

廊下から聞こえてくる声は微《かす》かに緊張を帯びていて、会話の内容は聞き取れなくても仕事関係の電話だろうことは分かる。

子どもを誰かに預けなければならないほど忙しいというのは本当のようだ。しかしうたがこれだけ頑《かたく》なに親戚のところへ行くのを拒《こば》んでいる状況で、茂は一体どうするつもりなのだろう。

まさか、自分が自宅マンションに連れ戻されたりしないだろうか。住んだことも、行ったことすらないけれど。結良は急に不安になった。

もともと結良のアパート一人暮らしを良く思ってはおらず、一緒に暮らすことを望んでいた母親が、これを機に結良をマンションへ呼び寄せ、そのままアパートを解約してしまったりしないだろうか。

普段の母親であれば、息子の気持ちを無視してまで強行したりはしないだろう。しかし、もしこのままうたの預け先が決まらなければ、あり得ない話ではないかもしれない。そうなれば家賃も光熱費も生活費も払えない結良に拒否権はない。

親戚に預けようとする茂と、それを断固拒否するうた。平行線のまま妥協点《だきょうてん》も見いだせないこの話に決着がつくとは、結良には思えない。

二人をこのまま帰すのはまずい。茂は入院中の母親に相談するしかなくなる。そしてきっと母親は自分に頼ることを考えるだろう。時間にも心にも余裕がない状況だ。自分がいない所で話が勝手に進んでしまう可能性は充分にある。

それなら……。結良が静かに考えを固めたところで、十分ほどの電話を終えた茂が戻ってきた。

「あの。……俺が、うたを預かります」

意を決したように結良が言うと、茂は「なんだって？」と目を丸くした。

「俺がここで、うたの面倒を見ます。母さんが退院するまで」

マンションに連れ戻され、一緒に暮らすようになるよりはマシだと、結良は考えた。

それに……。結良はちらりとうたを見た。

期待の眼差《まなざ》しを向けてくるその顔は、今にも喜びではち切れそうだ。友達と離れたくないと訴えた姿に、どうしても昔の自分が重なってしまう。

結良はうたに、少しだけ同情していた。

思ってもいなかった展開に唖然とする茂は、しばらく考え込むように黙った。

「……俺で良ければ、ですけど」

眉間《みけん》に皺《しわ》を寄せている相手に、結良は言葉を付け足した。

困っているところへ手を差し伸べるのだから、渡りに船とばかりに飛びついてくるだろうと思っていたが。よく考えてみればまだ幼い娘を、ただの高校生に預けるというのは不安なのだろう。昨日預かったのとはわけが違う。信頼の話となると、結良はもう何も言えない。

やがて茂は、余計な力を抜くように愁眉《しゅうび》を開いた。

「結良君は、うたが人懐っこい子だと思ったかもしれない」

「そうですね」

「しかし、そんなことはないんだ。本当は恥ずかしがり屋で、あまり面識のない人には懐かない。だから二人の様子を見て正直驚いた」

恥ずかしがり屋？　一体どこが。疑うようにうたを見れば、うたはミニトマトをちょんと鼻の上に乗せて「ピエロだよ。ししし」とおどけて笑っている。

「うたは兄が出来たことをとても喜んでいて、いつも浩子に結良君の話を聞きたいとせがんでは会いたがっていたんだよ」

話を続ける茂の横で、うたは何故か得意げになって「うん、うん」と頷いている。

「結良君になら、うたを任せられる」

「まかせられるぅ！」と、うたがオウムのように繰り返す。

何をもってそう評価するのか分からない結良は、曖昧《あいまい》に頷いた。うたが懐いているという事実が、信頼に値《あたい》するということなのだろうか。

「子ども園の送迎もお願いすることになるが、本当に頼んでもいいのか？」

うたの登園、降園時間を確認し、それなら何とかなるだろうと結良は頷いた。

今朝の母親の元気そうな声から、入院は一週間。長くても二週間で退院できるだろうと推測する結良は、それくらいなら大丈夫だろうと引き受ける。

問題はない。しばらくはうるさいかもしれないが、少しの間の辛抱だ。そうすればこれからもアパートで一人暮らしを続けられる。金銭面で負担をかけている負い目も、これで少しは軽減するだろう。他人に借りを作るのは好きじゃない。図太くも賢くも生きられない結良は、借りたものは返さなければいけない煩《わずら》わしさが嫌だった。出してもらっている生活費を返すつもりで引き受ければ安いものだと思った。

「そうか」

一人で納得するように何度か頷いた茂は、姿勢を正すようにその場に座り直した。

「それじゃ、お言葉に甘えさせてもらうよ。ありがとう結良君」

「よろしく頼む」と頭を下げた茂の言葉に、うたが「やったぁ！」と両手を上げた。

「うた、ゆらと一緒に寝るぅ！」

「……お前、おねしょはしないだろうな？」

「大丈夫！　あんまりしない」

「それは大丈夫とは言わない」

そもそもベッドは一つしかなく、結良が横たわるのが精一杯のシングルサイズで、猫一匹たりとも入り込む余地などない。

「着替えや必要なものと一緒に、うたの布団も運ぶから安心していい」

おねしょを否定しない茂の言葉に安心要素はない。

「本当に急で申し訳ないが、月曜日からお願いできるか。準備をして日曜日の夜に連れてくるから、また夕飯を一緒に食べよう」

明日の土曜日、三人で病院へ見舞いに行くことになった。母親にはそこで話すという。

「必要なものがあれば何でも言って。テレビを買おうか？」

「俺テレビ見ないんで、要《い》りません。後々困るんで。ネット環境があれば大丈夫です」

「そうか。それじゃ、うたの玩具を少し持ち込ませてもらえるか」

「この部屋に置ける範囲なら、どうぞ」

あれよあれよと話が進んでいくが、アパートから出される心配がなくなって結良はホッとしていた。うたはお泊まり会にでも参加する気持ちではしゃいでいる。

「いいこと考えたっ。つむちゃんも一緒にお泊まりする！」

「絶対にダメだ」

「いい子だよ？」

「だろうな。でもダメだ」

「イヌさんも飼ったら楽しいよ！」

「ここペット禁止」

「ペットは家族なんだって、つむちゃん言ってたよ？」

「……人間しか住めないんだよ、ここは」

元気な子どもを相手にして疲れてしまうのは、子どもに元気を吸い取られているからじゃないだろうか。しかし体力には自信がある結良は、まぁ子どもを一人預かるくらいどうにかなるだろう、と安易に考えていた。

2 「迷子になんて、ならないもん」

うたを預かって三日目。結良《ゆら》の生活は激変した。

すっかり日の沈んだ空は暗くなり、窓ガラスが鏡のように部屋のなかを映し出す。

キッチンに立つ結良がカーテンを閉めるよう、うたに指示した。

肉と野菜を煮込んだ鍋にルウを割り入れ、部屋のなかにカレーの匂いが漂いだすと、うたは閉めたカーテンにくるくると巻きつくように踊りながら喜んだ。

それなのに。

「どうした。食っていいぞ?」

「ちがう。これじゃない」

完成したカレーライスを目の前に出したとたん、その顔は曇り、三口も食べないうちにうたはスプーンを置いてしまう。

「カレーが食べたいって言ったのはお前だろ」

本当は、今日の結良はソースをたっぷりかけた焼きそばの気分だった。しかし食材の買い出しに行ったスーパーで、うたがカレーライスが食べたいと言いだした。今日はカレールウと玉ねぎがお買い得だと、友達のつむちゃんが教えてくれたから、と。

何者だよ、つむちゃん。結良はカレー味の焼そばを提案してみたが、ライスがいいと言い張るうたに負けてカレーライスを作ることにした。

「にんじん、お星さまじゃない」

聞けばいつも人参は星型に切り抜かれているという。そういえば小さい頃食べていた母親のカレーは、人参が星だったなと思い出す。

「それに、じゃがいもも大きいよぉ。食べにくい」

「具は大きい方が食べ応《ごた》えがあるだろ。しっかり煮込んで柔らかいから、崩して食え」

結良はフォークを持ってくると、うたのカレーの具を潰《つぶ》して小さくした。

甘いものが好きな結良だが、カレーはスパイスの効いた辛《から》いのが食べたい。しかしそれだと四歳のうたは食べられないだろうから、涙を飲んで甘口にしてやったのに。本当は牛肉を入れたかったけど、うるさいからコーンとソーセージを入れてやったのに。

「嫌なら食うな」

「食べるもん！」

お皿を下げられそうになると、うたは慌《あわ》ててスプーンをつかんだ。ふくれっ面《つら》のままカレーライスを口へ運ぶ。

うたを預かってから一番の変化は、朝が早くなったことだ。自分だけではなく、うたの身支度《みじたく》もしなければならない。着替えさせ、顔を洗わせ、朝食を食べさせて、歯をみがいてやり、そんなことをしていたら時間などあっという間に過ぎてしまい、自分の支度が間に合わなかった結良は昨日、寝癖《ねぐせ》がついたまま家を出るはめになった。

うたが通う子ども園には送迎バスがない。登校前にうたを子ども園へ送っていかなければならない結良は、高校とは反対側へ行くバスに乗り、うたを送り届けるとまたバスに乗って、来た道を戻り登校する。

高校から徒歩圏内に住んでいるのに、とんだ無駄足を踏むバス通学だ。朝が苦手な結良にとって、いつもより早起きをしなければならないのは辛《つら》いことだった。

下校するとすぐさまバスに乗り、うたを迎えに行く。そしてまたバスに乗り、途中下車してスーパーへ寄り、買い物をしたら荷物を抱《かか》えて歩いて帰る。今日は道の途中で眠ってしまったうたを背負って帰ってきた。自転車に乗れたら楽なのだが、結良の自転車にはもちろんチャイルドシートなど付いていない。

右手に通学バッグを持ち、買い物袋をぶら下げた左手で背中におぶったうたを落ちないように支えながら、へとへとになって帰宅したとたん、ばっちり目を覚ましたうたが遊んでくれと足にまとわりついてくる。

一人で遊んでなと払いのけ、少し寝ようとベッドに横たわるが、仮眠により回復して元気百倍になった四歳児はそれを許さず、おままごとを強要される。

昼寝もできずにおままごとから解放されると今度は飯をせがまれ、ご所望《しょもう》のカレーライスを作れば文句を言われる。

この三日間で何度ため息をついたことか。天を仰《あお》ぐ結良の頭に、昨晩アパートへ様子を見に来た茂《しげる》が言い残していった言葉が蘇《よみがえ》る。

『あまり手のかからない、いい子だから』

「どこがだよ」

茂から様子を窺《うかが》う電話やメッセージが来るたびに文句を言ってやりたくなるが、ぐっと堪《こら》えている。

なんとかなるだろうと安請《やすう》け合《あ》いしてしまった自分が悪い。もう赤ん坊ではないうたを預かるくらいならと、安易に考えていたあの日の自分に腹が立つ。考えが甘かった。結良はスプーンいっぱいにすくったカレーライスをやけ気味に頬張った。

「……あめぇ」

物心がついたときには既《すで》に中辛を食べ、今では辛口の一択しかあり得ない結良にとって、甘口の甘さは衝撃的だった。これをカレーと認めて販売しているメーカーが腹立たしい。

「ゆらぁ」

「何だよ」

「カレー、おいしいね！」

さっきまでのふくれっ面はどこへやら。にこにこ顔でもりもりカレーライスを食べるうたに結良は呆れるしかない。おでこに米粒が付いているが、一体どんな食べ方をしたらそうなるのか。

「そうか」と一言返した結良は、自分のカレーにソースをどばどばとかけた。

時間はかかるが、うたは毎回残さず完食する。食事が終わると風呂を掃除して湯を沸かし、食器や鍋を洗う。その間うたは大人しくしているかというと、そうではない。

「プリキラ見たいなぁ」

「……何だそれは」

「魔法少女だよ。知らないの？」

「知らないな」

「あのね、テベリの中にいるよ」

「テレビがないんだよ。諦《あきら》めろ」

口を尖《とが》らせたうたは一旦《いったん》部屋へ引っ込むと、絵本を抱えてキッチンに戻ってくる。

「絵本読んでぇ」

「……後でな」

「今読みたい」

「自分で読めるだろ」

大人しく引き下がったと思ったら、すぐさまクマのぬいぐるみを抱えて戻ってくる。うたの身長の半分以上あるそれを、うたは「宝物」だと言い、いつも一緒に眠っている。

水をかけるそぶりを見せたら、キャーキャー言って逃げていくが、クマのぬいぐるみを離れた場所に避難させると、やっぱりまた戻ってくる。

「つまんないよぉ」

「すぐ終わるから、ちょっと待ってろ」

「ちょっとって、どのくらい？　これくらい？」

うたは指を三本立ててみせた。結良は全く意味が分からない。

「はぁ。それじゃ、百数えられるか？」

「うた、十までならわかる！」

「十を十回、数えたら百だ」

「わかった。いーち、にーい、さーん、しーい、よーん、ごーお」

「おい待て。四がひとつ多いぞ」

うたはかまわず十を目指して数え続ける。

「ろーく、なーな、きゅーう、じゅーう!」

「八はどこ行った?」

「んーと、たぶんおうちにいるよ」

「何がだ」

「つむちゃんちのハチ」

「犬の話はしてねぇよ」

「ハチはハムスターだよ?」

「犬じゃねぇのかよ」

結局うたのおしゃべりに付き合わされ、片付けが終わり風呂が沸くと、休む間もなくうたの髪と身体を洗って湯船に浸《つ》からせた。

「ゆらは入らないの?」

湯船のなかで頬っぺたを真っ赤にしたうたが、脱衣所に座り込む結良に話しかける。扉を閉めると嫌がるため仕方なく開けっ放しにしている。

「俺はいい」

「ゆら、きたない」

「後で入るんだよ」

　風呂は一緒に入るか、そうでなければ近くで見守り、湯量もうたが溺《おぼ》れないように半分にしてほしい。そう茂に頼まれている。風呂はうたが寝静まった後に、湯を足して一人でゆっくり入る。自分の家の中で一人になれる貴重な時間だ。

　風呂が終わるとタオルで髪と身体を拭《ふ》いてやる。暑がってなかなか服を着ようとしないが、もう赤ちゃんではないというプライドがあるようで下着だけは着る。基本風呂上がりは裸族の結良が、後で風呂に入る理由はそこにもある。

　ドライヤーで髪を乾かしてやり、パジャマを着せて、ベッドの横に敷いた子ども用布団にうたを入れる。クマのぬいぐるみに抱きつくと、心底安心したような表情を浮かべるうたは、あっという間に夢の世界へ。

　部屋に静寂《せいじゃく》が訪れると、結良はホッと息をついた。

　今日も一日、無事に終わった。

　一日があっという間に過ぎるのに、この三日間がやけに長く感じる。そしてそれは明日も続く。数時間後にはまた朝が来て、うたを起こして一日を始めなくてはいけない。面倒なことこの上ない。

今だけだ。もう少しだけ自分が我慢すればすべて丸く収まる。結良は何とか自分をなだめて日々をこなしている。

幸いうたは今のところおねしょをしないし、子ども園は給食が出るから弁当を作る必要もない。いつもより早起きするのは辛いが、バス通学の要領はつかんだし、面倒なことを除けばさして大きな問題はない。

母親が退院するまで、あと数日乗り切ればいい。


「二カ月……？」

休日になり午後の面会時間を待って母親の見舞いに訪れた結良は、そこで衝撃の事実を知った。

「今日、先生に言われちゃった。検査も兼ねて入院はそれくらいかかるだろうって」

入院は長くても二週間だろうと高を括《くく》っていた結良には、受け入れがたい内容だった。

四人部屋の一角は広く、ベッド脇に点滴や機材が置かれていても圧迫感はない。どこも仕切りのカーテンを開けているから室内は明るく開放的だった。低い丸椅子に足を伸ばすようにして座っていた結良は、急に居心地が悪くなって姿勢を正した。

「……そんなに悪いのか？」

「ううん。大事をとってるだけ。ほら、高齢出産になるでしょ。ハイリスク妊婦に分類されるから、そう簡単には帰らせてもらえないのよ」

出産を迎えるころには誕生日が過ぎて浩子《ひろこ》は四十歳になる。誕生日が来るたびに、永遠の二十代だと謎の主張を繰り返してきた母親も、病院のベッドに寝かされている身ではさすがに現実を受け止めなければならない。

「うたちゃん。結良のお家はどう？」

「ゆらのおうちね、なんにもないんだよ」

結良の隣にちょこんと座っているうたは、床につかない足をぶらぶらさせながら答えた。休日は、うたは家に帰る約束だった。しかし休日出勤になった茂に頭を下げられ、今日も結良が面倒を見ている。

「でも、ゆらがいるから楽しい！」

しししと笑ううたにつられて、浩子も「楽しいよね、分かる！」と茶目っ気たっぷりに笑う。

「楽しくねぇよ」と言い返す心の余裕が、結良にはない。

平日の朝はいつまでも寝ぼけているくせに、休日に限ってしゃっきりと早起きをするうたに早朝から叩き起こされ、今朝方もう限界かもしれないと結良は思ったばかりだった。

それなのに。このまま二カ月もアパートでうたと暮らすことになりそうだ。

朝寝坊もできずに子守りをする日々が、あと二カ月も続くなんて。長くても二週間の想定だったのに。乗り越えるべき壁の高さを完全に見誤っていた。

大丈夫か、俺？ 結良は顔には出さず内心では落ち着かない気持ちでいた。

「結良。うたちゃんのこと、本当にありがとう」

「あ……あぁ。まぁな」

安堵《あんど》の表情を浮かべる病床《びょうしょう》の母親に、泣きごとなど口が裂けても言えない。

「うたちゃんもこんなに懐《なつ》いて。良くしてくれているのね」

最初からこんな感じだけどな。曖昧《あいまい》に頷《うなず》く結良の横で、うたは評価をするように両手で大きな丸を作ってみせる。

「そうよね。結良は昔からしっかりしているから。私がそうさせてしまったのだけれど」

「関係ねぇよ」

放課後に遊ぶ相手もおらず暇《ひま》だったから家事の手伝いをしていただけで、結良は懸命に働いて育ててくれている母親に感謝している。だから、そんな風に思ったことなど一度もなかった。

「料理上手で、洗濯物にはアイロンまでしっかりかける。そんな高校生なかなかいないわ。私は本当に感心しているの。勉強の方はそうでもないけど」

「一言多いから」

テストの点が悪かったときは毎回、掃除を頑張っていた。怒られた記憶はないが、ピカピカになった家を見て瞬時に察する母親の困り顔はよく記憶に残っている。

「でも、大丈夫？　高校や一人暮らしで新生活が始まったばかりだから、自分のことだけでも大変でしょ。無理してない？」

「大丈夫だよ！」

息子を心配する浩子に、うたが元気よく答える。

お前が言うのかよ。

「パパとも、うかあさんともはなれて、うた寂しいけどがんばるよ。だってパパも、うかあさんもがんばってるから。だからゆらもがんばってるよ。みんなでがんばろうね、赤ちゃんのために」

うたが「がんばる」を連呼するたびに「頑張れ」と言われているように聞こえる。静かに焦《あせ》る結良の気持ちを知る由《よし》もないうたは、立ち上がって浩子に寄り添うと、まだ大きくもないお腹《なか》に優しく手を当てた。それを見ていた同室の妊婦たちや、そのお見舞いに来ている人たちも、浩子と同様ににっこりと目を細めている。うたを中心に、ほわほわした空気が部屋全体に広がっていく。結良だけを除いて。

こんな状況で「無理」と言えば、無慈悲な息子だと非難されるだろう。それは別にかまわない。他人にどう思われようが自分には関係のないことだ。しかし、母親を不安にさせたくはない。結良はぐっと口を閉じた。


一人暮らしを許してもらえなければ、何年も一つ屋根の下で家族ごっこに巻き込まれる生活を送るところだった。

それを考えれば二カ月なんて。

たったの、二カ月。

「まだ一週間……」

うたがアパートに来て一週間が過ぎた、月曜日の朝。今日は燃えるゴミの日だと示しているスマホのカレンダー画面に目を落とした結良は、朝からため息をついた。

朝食のオムレツがちょっと焦《こ》げただけで、拗《す》ねてしまったうたの手を引っ張って家を出た。収集所にゴミを出し、急いでバス停へ向かう。

機嫌の悪いうたの身支度に手こずり、いつもより家を出る時間が遅れてしまった。この時間、バスを一本でも乗り過ごしてしまうと遅刻確定である。

「おい、急げ。走れ。バスに乗り遅れる」

「走るのやだ。疲れる」

大好きな子ども園を休みたくなくてここに来ているのを忘れたのか。叱《しか》るのも面倒になって、結良はふくれっ面のうたを抱きかかえるとそのまま走りだした。

「バス間に合ったね！」

何とかいつもの時間のバスに乗車したときには、うたの機嫌は直っていた。抱えられて走ったのが楽しかったようだ。

一つだけ空いていた席にうたを座らせ、その隣に立って乱れた息を整えていた結良は、ふとうたの足元に違和感を覚えて凝視《ぎようし》した。

「おい、お前……。靴はどうした？」

結良の問いかけの意味が分からずに首を傾《かし》げるうた。その左足はオレンジ色の運動靴を履《は》いているのに、右足にはそれがなく、ハート柄の靴下の全貌が見えている。

自分の靴が片方ないことに気付いたうたは驚愕《きようがく》で固まった。

「家を出るときは、確かに履いたよな」

正確には結良が履かせた。ぐずるうたの両足に、ねじ込むようにして靴を履かせてきた。

それは間違いない。

「あのとき、落としたのか……」

バスの時間が迫り、うたを抱えて必死に走った。落としたのだとしたら、あのときしか考えられない。ちゃんと履かせたつもりが緩《ゆる》かったのかもしれない。

落とした場所は大体見当がつく。このまま子ども園には連れていけない。

「……仕方がない。取りに戻るぞ。次の停留所でバスを降りるからな」

遅刻確定だ。結良の高校では遅刻をしたら届け出が必要で、交通機関の遅延の場合を除き、理由の詳細を書くちょっとした反省文を提出する決まりになっている。まだ固まっているうたを前に、届け出には寝坊したとでも書こうと思ったときだった。

揺れるバスのなか、人を避けながら移動している女性が目に入った。白いオフショルダーにデニムのミニスカートを穿《は》いた彼女は人目を引くような美人だが、気になったのはそこではない。どこかで見たことがある顔だった。

そうだ。何度か見かけたことがある顔だ。胸まで下ろした長い髪を明るく染めて、服装も明るくいつも華やかなのに、どこか儚《はかな》げな印象があって、挨拶《あいさつ》すらしたこともないが記憶に残る人物。今朝もゴミ収集所ですれ違ったような気がする。

きっと近所の人なのだろう。そう思っていると、女性は結良の前でピタリと足を止めた。

「この子、キミの妹？」

　ほのかに優しさを帯びた表情を浮かべ、うたを指差して結良を見上げる。

「……はい、まぁ。そうです、けど……」

　突然声をかけられ戸惑《とまど》う結良に、女性は「そう」とだけ言った。

　そしてその場に屈《かが》み込んだかと思うと、女性はうたの足を触りだす。きょとんとするうたは抵抗もせずされるがままだ。

「え……」

　何事かと驚いてうたの足を見た結良は、さらに驚いて目を丸くした。うたの右足が、オレンジ色の運動靴を履いている。

「落としたよ。私の目の前でね」

「おねぇさんが拾ってくれたの？」

　ぱぁっと瞳を輝かせ、しかし恥ずかしそうに小さな声で話しかけるうたに「うん」と女性は頷くと、立ち上がって結良を振り返った。

「キミ、足速いね。必死になって追いかけてきたから、バスに乗っても息が切れちゃって。すぐに声をかけられなかった」

「すみません」

周りの乗客の迷惑にならないよう配慮しながら、できるだけ深く頭を下げた。そうしないと、どうしたって頭が高い結良は謝意を伝えられないと思っている。

「いいよ。同じアパートに住んでいるよしみだし」

「え。そうなんですか」

「そう。キミの上の階に住んでる、森咲羽子《もりさわこ》です。引っ越しの挨拶に来てくれたのはお父さんだったから、直接挨拶するのは初めてだね」

隣と上の部屋の住人に挨拶に行ったのは茂で、どちらも良さそうな人だったとしか聞いていなかった結良は、名前すら知らなかった。

淡々と話す咲羽子だが、その言葉に棘《とげ》はない。本人が直接挨拶に来なかったことをなじられたのかと思ったが、そうではなさそうだ。

「うたは、うただよ。にぃには、ゆら」

もじもじと小声で自己紹介をするうたは、声を出す代わりに身を乗り出そうとする。咲羽子は「初めまして」と言いながら、さりげなくうたをちゃんと席に座らせた。

「さわおねぇさん、くつ、ありがとぉ」

「どういたしまして」

バスがゆっくりと減速して、次の停留所に停《と》まる。

住宅街から乗り込んでくる人たちと入れ替わるように、咲羽子はバスを降りていった。

他に降りる人がいないのを見て、咲羽子はうたの靴を届けるためだけにバスに乗り込んだのではないかと思った。メイクをしている咲羽子は大人びていて雰囲気も落ち着いていたが、年はそれほど上には見えず大学生くらいだと推測する。駅や大学は反対方向だ。同じアパートに住んでいる彼女が、こんな朝早くから住宅地で降りる理由が思いつかない。

結良は自分の迂闊《うかつ》さを悔やんだ。人とは、あまり関わりたくはない。だから迷惑をかけたり、貸しを作ったりはしたくはない。必要以上の人間関係は築きたくはない。

今後は行動に気をつけよう。

「ゆらぁ」

「何だよ」

「子ども園が終わったらさぁ、つむちゃんちに行きたい」

「ダメだ」

「えぇー。それじゃあ、公園は？」

「公園？」

「うん。あそこの公園、行きたい！」

うたが指差す窓の外に目を向けるが、住宅街の中を走る車窓に公園は見当たらない。でたらめなことを言っているのだろうと結良は聞き流した。

「今日は買い物の予定もないからまっすぐ帰るぞ」

「もぉー。行きたかったのにぃ」

むぅっと口をとがらせるうたを見下ろしながら、結良はあることを決めた。子守に余裕なんてない。うたと一緒にいる以上、今日みたいにまた必ずどこかで自分は誰かに迷惑をかけてしまうだろう。

そうならないように自分たちのためにも、周囲のためにも、今後は必要のない外出は控えて、できるだけ外部との接触を避けよう。

まるで結良の心を読んだかのように、うたは「つまんなぁい」と大きな独り言をつぶやいた。

子ども園最寄《もよ》りのバス停が近づくと、結良が降車ボタンを押す。

「ずるい。うたもボタン押したい」

「お前じゃ手が届かないだろ。ほら。降りるぞ」

バスが停まると、うたを先に行かせて支払いをする。

「お客さん。落とし物ですよ」

運転手に言われて振り返るとハンカチを落としていた。

「すみません」

　慌ててハンカチを拾って降車した結良は、先に降りたはずのうたの姿が見当たらず呆然とする。

「……は？」

　咄嗟《とっさ》に走り去っていくバスを振り返ったが、自分より先にバスを降りたうたが、あのバスに乗っているわけがない。先に行ったのかと子ども園のある方向を見ても、うたはいない。最寄りといえども子ども園までは少し歩かなければいけない。ちょっと目を離した隙《すき》に移動できる距離ではない。

　消えた？　そんなわけがない。とりあえず子ども園に向かいながら探そうと結良が歩きだしたところで、道の角からひょっこりうたが顔を出してきてホッとする。

「何やってんだ、お前」

「ちょうちょ、飛んでた！」

「……追いかけてたのか？」

「うん。でも、どっかいっちゃったぁ」

「まったく。子どもかよ」

「うた、子どもだよ？」

二人の目の前を、舞い戻ってきたのか一匹の蝶が飛んでいく。

「あ。いた！　待ってぇ！」

「おい」

再び蝶を追いかけようとするうたの手を、結良がすかさずつかむ。

「迷子になっても知らねぇぞ」

「迷子になんてならないもん」

そのまま引っ張るように子ども園へ連れていく。うたは蝶が飛んでいった青い空を眩《まぶ》しそうに見上げた。

「ちょうちょはいいなぁ。行きたいところに行けるし、自由に遊べる。うた、ちょうちょになりたい」

一日中遊んでるやつが何を言ってるんだ。しんみりしている四歳児を、結良は呆れながら見下ろす。

「どこにでもいる蝶々に夢中になれるとか、意味が分からん」

正直な感想が口から零《こぼ》れ出ていた。

「ゆらは、子どもじゃなかったの？」

「……さぁ。忘れた」

大人になったつもりもないのに、飛んでいく虫を追いかけ回していた幼少期があまりにも遠くて、共感もできない。子どもはまるで未知なる生物みたいだと結良は思う。

「蝶になったら給食はいらないな。花の蜜しか吸えなくなるから」

「やっぱり人間でいい」

蝶になる夢からスンと覚めて、うたは今日の給食に出るというゼリーに思いを馳《は》せる。

小さな手を引きながら、暖かなそよ風に吹かれて大きく欠伸《あくび》をした結良は昼寝に思いを馳せた。


小学校でも、中学校でも、教室での結良はよく眠っていた。談笑をするような友達も、予習復習をするような熱意もなく、五分程度の短い休憩時間でも机にうつ伏せになって眠った。十歳頃から急激に背が伸びた結良を見て、同級生たちはみんな「寝る子は育つ」ということわざを信じた。

トイレから戻った結良は次の授業まであと八分あるのを確認すると、自分の席に着いて両腕を組み、少しだけふんぞり返るように後ろに倒れて目を瞑《つぶ》る。

結良のクラスは他のクラスと比べると賑《にぎ》やかで、おしゃべり好きが多いようだ。陽樹《はるき》の笑い声が聞こえる。クラスの中心的存在なのは今も昔も変わらないが、昔は目立ちたがり屋だったのに対し、今は出しゃばらず一歩身を引く謙虚な姿勢でいる。それでも華のある陽樹は目立っていた。

間違いなくクラスのアイドルと言っていい陽樹の人気は、上級生の女子も噂を聞きつけて観《み》に来るほどだった。そのついでにデカい一年生の結良も注目されるのだが、視線の温度差が大きい。

そんな陽樹とはあれ以来、まともに話してはいない。朝に「おはよう」帰りに「またね」と挨拶をかわす程度。それでも結良に唯一《ゆいいつ》話しかけてくる存在だった。この日までは。

「吉田《よしだ》君」

すぐ近くで「吉田」と呼ぶ女子の声がした。丁度、大きな欠伸をしたタイミングだった。

「ねぇ。吉田君」

もう一度女子が呼びかける。結良はうつらうつらしながら、おい吉田君返事してやれよ、と思った刹那《せつな》、その吉田が自分であることに気がついた。苗字が変わってからまだ日も浅く、滅多《めった》に人に呼ばれないせいもあって、自分が吉田であることをよく忘れてしまう。

「うぉっ」

目を開けると、顔を覗《のぞ》き込んでいる女子と目が合い、思わず小さな悲鳴を上げた。

「寝てるときにごめんね。でも吉田君、いつも寝てるから」

低い位置で二つに分けている髪。直《じか》に結良を見つめている瞳。それらはまるで日本人形のように黒く艶《つや》めいている。

「私、北川穂乃梨《きたがわほのり》。よろしくね」

「……何？」

睨《にら》んでしまったのは、単に窓際《まどぎわ》に立つ穂乃梨が眩しかっただけだった。

それでも穂乃梨は怯《ひる》まず、というよりは気にしていない様子で言葉を続ける。

「吉田君って、妹がいる？」

「……いるけど」

それまでうるさかった教室が、音量を下げたみたいに少しだけ静かになる。

少し離れたところで二人組の女子が心配そうに穂乃梨を見守っている。はぐれ狼に、一匹の子羊が近づいた。それをおっかなびっくり見ている森の仲間たち。状況を理解した結良の頭には、昨晩うたにせがまれて絵本を読んだ影響でそんな光景が浮かんでいた。しかし当の本人は仲間の心配をよそにのほほんとしている。

「やっぱり！　私ね、吉田君が小さな女の子の手を引いて歩いているところを見かけて、気になってたんだ」

穂乃梨が嬉しそうに声を弾《はず》ませるが、それがかえって周囲の不安を煽《あお》っている。眠りを妨《さまた》げられた結良が今にも怒りだすのではないかとクラスメイトたちはヒヤヒヤしているようだが、もちろん彼女に危害を加える気など結良には毛頭なく、面倒ごとはもう嫌だから早くどこかへ行ってくれと願っていた。

小学校でも、中学校でも、興味本位で話しかけてくる女子や、肝試《きもだめ》し感覚で絡《から》んでくる男子がいた。「睨まれた」だとか「怖かった」だとか言われて一方的に泣かれてしまい、職員室に呼び出されて説教を受けたときには、こっちが泣きたいよと理不尽《りふじん》な仕打ちに憤《いきどお》りを覚えた。

目立っていいことなんてない。頼むから自分の席へ戻ってくれ。鐘が鳴るまであと三分。穂乃梨から時計に目を移した結良は祈るように長針を見た。頼む。早く進んでくれ。

「もしかして吉田君が妹のお世話をしてるの？」

「……母親が入院していて、父親も忙しいから、今だけ俺が妹の面倒を見てる」

他人に事情を知られるのは、いい気がしない。一瞬躊躇《ちゅうちょ》したが、人懐っこい穂乃梨にうたが重なり、答えなければ今後もしつこく質問されるような気がした結良は、簡潔にでも答えた方が得策だろうと判断した。

「吉田君が、一人で？」

「そうだけど」

「……それは、大変だね。でもすごい。吉田君えらい！」

褒《ほ》められたいわけでも、同情されたいわけでもない。結良は一人になりたいのだ。

「可愛いよね！　うん、分かるよ。私もね、五歳の弟がいるの」

うたを可愛いなんて思ったことは一度もないが。そもそも可愛いって何だ。戸惑う結良にかまわず穂乃梨は続ける。

「年の離れた弟妹がいる人って、私の周りにはいなかったから嬉しい！」

「いや、俺は」

「もちろん可愛いばかりじゃないし、面倒見るのって結構苦労するよね。私も家にいるときはできるだけ相手をするようにしてるの。二人っきりの姉弟だし」

「いや、俺は」

「もう年長さんになって、大きくなったなぁって思うんだけど。自然に膝《ひざ》の上に乗ってくるところとか、まだ赤ちゃんが抜けてないなぁって……」

「……」

「ご、ごめんなさい。私ばっかりしゃべってた。ちょっと緊張してて。話せて嬉しかったものだからつい」

そこで鐘が鳴り、穂乃梨は控えめに手を振りながら教室中央にある席へ戻っていった。

長い三分だった。結良はこっそりため息をつきながら、机の上に教科書とノートを出す。緊張するくらいなら話しかけてこないでほしい。共感を求めているなら、それは全くもって無駄骨だ。学校では静かに過ごしたい結良は、これで気が済んだらもう近寄ってこないでくれと願った。


「私の弟は朔太郎《さくたろう》っていうの。サクって呼んでる。吉田君の妹は？」

「うた」

「うたちゃんは年長さん？」

「年中」

「朔太郎の一つ下なんだね」

よほど弟話の相手に飢えているのか。穂乃梨は休み時間のたびに結良のもとへ来た。子どもが苦手な結良にとって、穂乃梨の話には微塵《みじん》も興味が湧かないが、あまりに一生懸命に話してくるから無視もできず、教室の隅で逃げ場もなく、仕方なく適当に聞き流して相槌《あいづち》を打ち、質問されたらそれに答えていた。

昼休みになると逃げるように購買へ急ぎ、パンと牛乳を買うと、教室へは戻らず人気《ひとけ》のない場所を探して彷徨《さまよ》い、辿《たど》り着いた音楽室前の階段で食べた。

埃《ほこり》っぽいのが気になったが、日当たりは良く温かい。壁に背を預ければ寝れなくもない。結良は休憩が終わるギリギリの時間までそこで過ごした。

きっと穂乃梨は結良に避けられたのだと察するだろう。悪いなと思いつつ、これでもう話しかけてくることもないなと思うと気が楽になった。

「うたちゃんは南子ども園に通ってるんだね。あの黄色いスモック可愛いくて好きだなぁ」

「そうか」

避けるという手法は、穂乃梨には効かないことを結良は学んだ。

穂乃梨に話しかけられるたびに、周囲から好奇の目を向けられている気がする。視界に入ってくる女子二人組に監視されているのは、どうやら気のせいではない。

「うちのサクはね、ヒーローごっこが好きなの。だから家には武器のおもちゃがいっぱいあって――」

机に肘《ひじ》をつきながら、そのうち飽きるだろうと諦めて話を聞くふりをしているが、楽しそうに弟の話をする穂乃梨の勢いはどんどん増していき、一人で話の幅を広げていく。

「悪役の私はいつも○○ガンで撃たれたり、○○ソードで切られたり、○○ハンマーで叩かれたりして倒されてばかり。何度殺されたか数えきれない」

可愛いと言う弟に何度も惨殺されている話を、楽しそうに語る穂乃梨が怖い。結良は顔には出さずに引いていた。

「でもね、この前初めてヒーロー役をやらせてくれたの。いつもお姉ちゃん死んでて可哀そうだからって言うんだよ。優しいでしょ！　ねぇ。吉田君はいつも、うたちゃんと何して遊んでいるの？」

「俺は別に……」

これはいつまで続くんだ。人にどう思われようが気にしない質《たち》でも、人を傷つけてしまうと気になって眠れなくなってしまう。だからきっぱりと拒否もできない。自分でも情けない性格だなと思う。

特に用もないけれどトイレにでも立とうか。廊下へ目を向けた結良は、そこでばっちり陽樹と目が合った。

何か言いたげな陽樹の視線に疑問符を浮かべていたら、陽樹は「分かった」と言うように頷いた。結良は「何が？」と訝《いぶか》るが、陽樹は談笑していたグループの中心から抜け出すと、結良と穂乃梨に歩み寄る。

どうしてお前まで来るんだよ。目で訴える結良に、陽樹は微笑みながら一瞬だけ片目をつむってみせた。まるで「結良が積極的な女の子に困っているから助けに来た」とでも言っているように見えたのだが、そんなことはない結良にはありがた迷惑であり、陽樹が来たことで、結良はますますクラスの注目の的《まと》になってしまう。

「結良と何の話をしてるの？　僕もまぜて」

「久保《くぼ》君、吉田君と仲いいの？」

下の名前で呼ぶ陽樹に穂乃梨が反応する。

「うん。僕たち、幼馴染《おさななじ》みなんだよね」

「え。吉田君と久保君が、幼馴染み？」

繰り返した穂乃梨に、結良は無言で頷いた。とはいえ一緒にいられたのは二年とない短い期間なのだが、陽樹はそれを説明する気はないようで、だから結良もそれ以上は言わなかった。

「そうなんだ。今ね、吉田君の妹の話をしてたんだよ」

「妹……？」

口元に微笑を残したまま困惑《こんわく》の表情を浮かべた陽樹の耳には、母親の再婚相手の連れ子の情報までは入っていなかったらしい。

「入院しているお母さんの代わりに、吉田君がうたちゃんの面倒を見てるんだって。まだ年中さんの小さな妹を世話してるなんて、立派だよね」

「そうなのか?」と目で問いかける陽樹に、結良は無言で頷く。

人の事情をぺらぺらと話すのはどうかと思うが、穂乃梨に悪意があるようには見えない。相手が幼馴染みだからというのもあったかもしれない。

ところが。穂乃梨の透き通る声はりんりんと鳴る鈴のように、教室全体に届いていた。

その日の課業が終わった頃には、結良は教室の異変に気付いていた。

「吉田君、帰るの?」

「……あぁ」

「じゃーな、吉田」

「……おぉ」

バッグを手に立ち上がり、廊下へ向かうまでに二人から声をかけられ、あちらこちらで手を振られた。顔も名前も知らないクラスメイトたちに。こんなことは今までなかった。

「吉田君。いつも早く帰っていたのは、うたちゃんのお迎えがあったからなんだね」

「じゃーね、結良。また明日!」

「あぁ。またな……」

穂乃梨と陽樹に見送られて教室を出た。

急いでいるわけではないが、戸惑いを隠せない結良は速足で高校前のバス停へ向かう。

陽樹の幼馴染み。小さな妹の面倒を見ている。噂はあっという間に広まると、結良を見るクラスメイトたちの目は好奇から好感に変わった。

そしてその日のうちに「妹思いの兄」「優しいお兄ちゃん」という勝手なイメージが独り歩きし、見た目とのギャップも相まって、結良は一転して親しまれる存在になっていた。

「勘弁してくれ……」

ひとりバスを待つ結良は頭を無造作にかきながら、ため息交じりに呟《つぶや》いた。

子どもの送迎であろうと、園に一歩でも足を踏み入れる場合は必ず保護者証を身に着けること。それが、うたが通う南子ども園の決まりである。

子ども園の最寄りでバスを降りた結良は、バッグから取り出した保護者証を首にかけ、正門に立つ園長先生に挨拶をしてから園の中へ入る。誰も遊んでいない園庭に、お迎えが来るのを今か今かと教室で待っている子どもたちの声があちらこちらから聞こえてくる。

「うたちゃんのお兄ちゃんキター！」

「うたちゃんのお兄ちゃんだよー！」

うたがいるヒマワリ組の教室へ向かって園庭を進むと、結良の姿を確認した子どもたちが窓越しに騒ぐ。担任の真由美《まゆみ》先生が、天然パーマだというショートヘアをふわふわ揺らしながらうたの手を引いて、吐き出し窓を開けた。

「お帰りなさい」

誰もが知るネズミを模したキャラクターのエプロンを身に着けた真由美先生は毎回、朝には「いってらっしゃい」と言ってくる。それに対して、これから学校へ行く結良は自然と「行ってきます」と返しているのだが。お迎え時に言われるこの挨拶には、どう返事をしていいのか未《いま》だに正解が分からないでいる。

「ありがとうございました」

ただいま、と言う人はいるのだろうか。結良はちょっと気になっている。

「ゆらぁ」

「何だよ」

「もっと早く来てね？」

「これが最速なんだよ」

学校が終わると寄り道もせず真っすぐにここへ来ている。教室にはまだ五、六人の園児がお迎えを待っている。早くはないが、決して遅くもないだろう。

「帰るぞ」

手を握ってきたうたが「これがサイソクかぁ」と言いながら嬉しそうに納得している。

言葉の意味が分かっているのか、いないのか。

「せんせぇ。さよーなら！」

もう片方の手を振るうたを連れて歩きだす。延長保育があるこの園では、降園後は速《すみ》やかに園を出るのも決まりだ。

「あ。ちょっとお兄ちゃん！」

十歩も歩かないうちに呼び止められた。

二十代前半と思《おぼ》しき真由美先生は、結良のことをお兄さん、ではなくお兄ちゃんと呼ぶ。図体がデカくても、保護者証を首から下げていても、制服を着用している結良はどう見ても高校生で、子ども扱いされてしまうのはしょうがないことなのかもしれないが。うたの前で子ども扱いされるのは妙に恥ずかしい。

「ちょっと待ってね。今、ちょうど来たの」

何がですか？　聞くよりも前に、真由美先生の視線を追った。シャツとスラックスといった格好の男性が、小走りにこちらへ向かってくる。ラフだなと思ったのは、いつもスーツ姿でいる印象の茂と年が変わらないように見えて、無意識に比べたからだ。

「お帰りなさい」

「ただいま！」

丸い眼鏡をかけた男性は、真由美先生に躊躇なくはっきりと笑顔で返した。

「……いるんだ」

「え？」

丸い眼鏡が振り返り、心の声が思わず出ていたことに気がついた結良は慌てて「何でもないです」と首を振る。

「つむちゃーん！　パパ来たよぉ！」

教室へ向かってうたが叫んだ。

ということは、この人があの、物価高を気にする園児の父親か。

「パパ遅いじゃない。どうせ隣町のスーパーに行ってたんでしょ。今日は特売日だから」

うたに呼ばれて教室から出てきた女の子が、ため息交じりに小さな肩を上下させる。

「でも。おかげで、うたちゃんのお兄さんに会えたわね」

女の子はくるりと向きを変えると、ポニーテールを揺らしながらパタパタと走り、結良の前へ立った。

「はじめまして。和久井紡希《わくいつむぎ》です！」

左右に分けている長い前髪を耳にかけ直し、背伸びをして、紡希は結良に向ってうんと手を伸ばす。

「よ、吉田結良です。初めまして……」

　身を屈めて紡希と握手をする。同じ黄色いスモックを着ていても、本当にうたと同い年なのかと疑ってしまうほどに紡希の所作《しょさ》は大人びている。

「ちょうど良かった。うたちゃんのお兄ちゃんに、紡希ちゃんのお父さんを紹介したいと思っていたの」

「俺に、ですか？」

　戸惑う結良にかまわず、真由美先生が両者を引き合わせるように誘導する。

「君が、うたちゃんのお兄さんだね。話は真由美先生から聞いているよ」

「はぁ」

「紡希の父の駿介《しゅんすけ》です。いつもうたちゃんには仲良くしてもらっています」

「結良です。娘さんの話は、いつもうたから聞いてます」

「変わってるでしょう、うちの娘」

「そうですね」

「ははは。正直でいいね」

　うたと手を繋いだ紡希が「しっかり者って言ってほしいわ」とむくれる。「そうだったね」と駿介がその頭を撫でるとたちまち機嫌が直り、やっぱり子どもだなと、結良は少し安心する。

「お母さん、早く退院できるといいね。大変だと思うけど、困ったことがあったら遠慮なく相談して。家も近いし」

そう言いながら駿介は、紡希の通園バッグから取り出した折り紙に何かを書き込んだ。

そして慣れた手つきでそれをハート型に折り、結良に差し出す。

「ただの連絡先だよ。ラブレターじゃないから安心して。紡希には小学五年生と四年生の姉がいてね、僕は三姉妹を育てている専業主夫なんだ。家事育児は十年以上担《にな》っているから、力になれることもあると思うよ」

「……どうも」

突き返すわけにもいかず、結良は折り紙を受け取るとズボンのポケットに押し込んだ。

確かに大変だが、他人に相談するほど困ってもいない。それに、自分はうたを預かっているだけで、子育てをしているわけじゃない。

親切な人だとは思うが、気にかけてもらうのはうただけでいい。しかし真由美先生も良かれと思ってやっていることは分かっているから、言葉は慎《つっし》んだ。

「つむちゃんのパパぁ。うた、つむちゃんと遊びたい！」

「わたしも！　うたちゃん、これからうちにおいでよ。ハチも一緒に遊ぼう！」

「やったぁ！」

「ダメだ」

結良がうたの手を引っ張り、勝手に盛り上がる子ども二人を引き離した。

「帰るぞ」

『えー──？』

声を合わせて抗議するうたと紡希。

「結良君。うちはかまわないよ。この後もし予定がないならぜひおいで。車で来ているから一緒に乗っていこう」

「いえ。俺も宿題とか、やることあるんで。帰ります」

「それなら、結良君の宿題が終わるまで、うたちゃんをうちで預かろうか。帰りは送っていくから」

親切心を掲《かか》げて食い下がる駿介。「それがいいわよ」と合いの手を入れる紡希にうたが「うんうん」と首を上下させている。

周囲に迷惑をかけないよう必要のない外出は控えて、できるだけ外部との接触を避ける。そう心に決めている結良の脳裏にはありがた迷惑の文字が浮かぶが、顔には出さないように「大丈夫です」と手で制しながら断る。

「バスが来るので、失礼します」

「やだやだ」を繰り返すうたを引きずるようにして結良は歩きだした。

園を出ると諦めて黙り込んだうたにホッとする結良は、とても悲しい目で俯《うつむ》いているその顔に気付いていていない。

「融通《ゆうずう》の利《き》かない子ね、パパ」

「お兄さんと言いなさい。紡希が思っているほど高校生は暇《ひま》じゃないんだよ」

二人を見送る親子に、真由美先生が困ったように笑っている。

「でも。ちょっと心配だな、あの子……」

駿介の呟きは、園庭に響く園児たちの声にかき消され誰の耳にも入らなかった。


学校では結良に声をかけるクラスメイトたちが増えていった。

陽樹と穂乃梨は相変わらず、頻繁《ひんぱん》に話しかけてくる。

「ねぇ吉田君。そろそろ起きないと次、移動教室だよ？」

「吉田君の机と椅子、ちょっと小さくない？　先生に言って代えてもらいなよ」

最近は女子が多い。

「そうだな」

特に、穂乃梨と仲良くしている女子二人組は何かと結良を気にかけてくる。友達の友達は友達という謎の連帯感を持っているようだが、結良には全く理解できない。

「久保君って小さい頃、どんな子だったの？」

「吉田君と久保君って、小学校でも同じクラスだったんでしょ？」

「写真とかある？　今度卒アル持ってきてほしいな！」

女子に囲まれてちやほやされても男子達から妬《ねた》まれないのは、そのほとんどが陽樹目当てなのが明白であるからだった。

「陽樹は日焼けしてた。卒業したのは別の小学校だし、写真は持ってない」

小学校の入学式、遠足や運動会などで撮った陽樹の写真なら母親が持っているが、自分も映っているから見せる気はない。小さくて黒い陽樹にキャーキャー言った後、今とは正反対に一番チビな結良は笑いのネタにされるのがオチだと容易に想像がつく。

「大変だな、吉田」

そんな結良に、同情の声をかけてくる男子もいる。

昼休憩には穂乃梨と陽樹から「一緒に食べよう」と誘われるが、それだけはきっぱりと断っている。

静かなのが性《しょう》に合っている結良にとって、教室を出て一人で過ごせる時間だけは失いたくない。だから誰にも言わずに、時には尾行してくる陽樹を撒《ま》いて、いつも一人で音楽室前の階段で昼食を食べた。こっそり掃除もして、快適な睡眠場所も確保している。

冷たい壁に背を預け、足を伸ばし、目を瞑り、ホッとした心地で静寂のなかに入り込む。うたが来てから、周囲は本当に騒がしくなった。おしゃべりなうたがいるアパートはもちろん、学校でもうたをきっかけに穂乃梨に話しかけられ、子ども園では毎回、駿介に声をかけられるようになった。あれから駿介は結良が来る時間に合わせて娘のお迎えに来ているようだ。

真由美先生は、どちらかと言えば親と離れて暮らしているうたの方を心配しているようだが、駿介は結良の方を心配している様子でいる。困っていることはないか。不安なことはないか。駿介はうたにではなく、結良に毎回そんなことを聞いてくる。様子を見にアパートへやってくる茂ですら、父親面《づら》をしてくることはないのに。

一人で何とかやれているから、お節介はやめてほしい。結良はそう思っていた。

うたを連れて結良は子ども園を出た。

「うたちゃん、ばいばーい！」

紡希はうたに手を振り、バス停とは反対方向にある園の駐車場へ駿介と向かう。また明日も会えるというのにうたは寂しそうな顔をして、二人の姿が見えなくなるまで手を振った。あれ以来うたは「遊びに行きたい」と言わなくなった。俯くうたを見ても、拗ねているだけだろうと結良は気にも留《と》めないでいた。

バスに乗ると、「スーパーに寄るからな」と言う結良の言葉に、うたは期待の眼差《まなざ》しを向けた。

「今日のごはん、なぁに？」

「そうだな。魚でも焼くか」

「ぶーっ！」

「ぶーって何だよ」

「せいかいは、ハンバーグでしたぁ」

「お前の食べたいものは聞いてねぇんだよ。ハンバーグは昨日食ったろ」

「今日はひき肉が安いんだって」

紡希の情報だろう。駿介は、絵本を読むよりスーパーのチラシを読むのが好きだという娘を心配した方がいいのではないか、と結良は思う。

「……ミートソースのスパゲッティはどうだ?」

「わぁ。スパベッキーっ。大せいかいだぁ!」

「それを言うなら大好物な」

バスを途中下車し、結良はうたの手を引いてスーパーへ寄った。

バッグと買い物かごを持つ結良の両手は塞《ふさ》がるため、うたは結良の後ろをついて歩く。

精肉コーナーでは、特売のひき肉売り場の前に人が集まっていた。結良は人々の上から商品を確認すると、すっと伸ばした手で、ひょいっとお目当てのものを取った。こういう時、人より高い背と、長い手は役に立つ。

そして野菜コーナーへ向かおうとして、おや? と思った。

うたの声がしない。いつもはずっとしゃべっているのに。振り返ると、後ろをついてきているはずのうたの姿が、そこにない。

ちょっと目を離した隙にいなくなってしまったのは、これが初めてじゃない。真っ先に浮かんだのは、お菓子売り場だった。三日前にバス停でバスを降りたうたが、蝶を追いかけて消えたように、きっとお菓子の誘惑に負けたのだろうと結良は思った。

ところが。お菓子コーナーに行ってみると、そこにもうたの姿はなかった。それなら、と今度はチーズの試食販売をしているチルドコーナーへ向かう。しかしそこにもうたはいない。

トイレかもしれない。さすがに女子トイレのなかへ探しには行けないから、ちょうど出てきた女性に、小さい女の子がいなかったか聞くと、中には誰もいないと教えてくれた。

「どこ行ったんだ、あいつ……」

とりあえず買い物を進めようと、結良は辺りをきょろきょろと見回してうたを探しながら店内を回る。店を一周して、買い物かごに今晩の食材が揃《そろ》ってもうたは見つからない。それでも、あの時みたいにそのうちひょっこり出てくるだろうと結良は思っていた。

先に会計を済まそうか。それとも、もう一周店内を回ろうか。迷っていると、後ろから肩をとんとんと叩かれる。うたかと思って振り返ったが、そこにいたのは駿介だった。よく考えたら、うたの手が結良の肩に届くわけがない。

家が近いと言っていた和久井家も、このスーパーの常連なのだろう。買い物を終えた後のようで、膨らんだエコバッグを持っている。

「結良君。もしかして、うたちゃんがいなくなった?」

「……ええ。まぁ」

「実はさっき、結良君とすれ違ったんだよ。うたちゃんの姿がないし、様子がおかしいなと思ったんだ。一緒に探すよ」

「いえ、大丈夫です。迷惑はかけられません」

人に迷惑はかけたくない。他人に貸しを作りたくはない。結良の脳裏に、うたの靴を持ってバスまで追いかけてきた咲羽子の顔がよぎる。

「子どもがいなくなった危険性を、君は分かっていないようだね」

駿介の眼鏡の奥がとたんに険《けわ》しくなり、結良は思わず息を呑んだ。

「子どもが保護者の目の届く場所にいないということは、子どもが危険に晒《さら》されているということだよ。その時間が長引くほど、危険度は高くなる」

危険という言葉が繰り返されると、結良はサッと体温が下がったような感じがした。

「怪我《けが》、事故、誘拐……。ニュースで見聞きすることは、決して他人事じゃない。何かあってからじゃ遅いんだよ」

「…………」

保護者である自分の側《そば》に、うたがいない。四歳のうたの側に、守るべき大人が誰もいない。

結良はここでようやく事の重大さに気付いた。

「紡希は今、習い事に行っているんだ。お迎えまではまだ時間がある。一緒にうたちゃんを探そう。僕は向こうから探すよ。結良君はあっちから見てきて」

「はい」

駿介の指示に従い、結良はもう一度店内を探した。大型スーパーではなく、陳列棚もそこまで多くはない。しかし夕方の混み合う時間帯。人をかき分けるようにくまなく探すが見つからず、中央レジの前で駿介と合流した。

「ダメです。いません」

「これだけ探してもいないとなると、うたちゃんは店の外へ出たのかもしれない。駐車場を見てみよう」

駿介と結良は店員に事情を話し、会計前の食材を預けて店の外へ出た。ほぼ満車状態の駐車場を手分けして探すも、うたは見つからない。名前を呼んでも返事はない。

「この付近に住んでいるママ友にも連絡して、協力してもらおう」

そう言って駿介は電話をかけ始めた。店の外では探す範囲が広すぎる。二人では無理だ。自分も人を呼ばなければ。結良はスマホを取り出した。

母親は入院中。茂は明日まで出張で今は東京にいる。電話をかけられる相手は、一人しかいなかった。一瞬躊躇《ためら》ったが、結良は発信アイコンをタップした。

『どうしたの？　結良から電話なんてめずらしい、っていうか初めてだね』

相手はすぐに出た。

「陽樹。……頼みがある」

自分の声がどうして震えているのか、分からないまま結良は陽樹に助けを求めた。


「結良っ！」

「吉田君！」

電話を切ってから十分もしないうちに、陽樹は自転車でスーパーの駐車場へ駆けつけた。

「どうして北川さんまで？」

陽樹の横には、同じく自転車に乗った穂乃梨がいた。二人とも全速力で漕《こ》いできたのか顔を赤くして息も上がっている。

「穂乃梨ちゃんにも来てもらった方がいいと思って、僕が呼んだんだ」

「うたちゃんは見つかった？」

結良が首を横に振ると、心配する二人の顔は不安の色を濃くする。同じくらいの年の弟がいる穂乃梨は、特に事の深刻さが分かっているようだ。責められているようで結良は胸が苦しくなるが、二人に状況を細かく説明する。

「それで、近所の人も探してくれていて。駿介さんは今、もう一度店内を確認してくれてる」

「うたちゃんが外へ出たとして、行きそうな場所に心当たりは？　行きたがってた所とか」

「友達の家に遊びに行きたがってたけど、そこにはいなかった」

うたは紡希の家に行きたがっていた。うたは一度だけ、母親と紡希の家を訪れたことがあるという。道を覚えているとは思えないが、駿介が家で留守番をしている紡希の小学生の姉に電話をして、うたが来ていないことを確認している。

「ここから家までは歩いて帰れるけど、一人で帰るとも思えない」

スーパーからアパートまで、うたが結良と歩いて帰ったのはこれまでに三回。うち一回は眠ってしまい、背におぶって帰った。道を覚えている可能性はなくもないが、結良に黙って一人で、誰もいないのが分かっているアパートに、鍵も持たずに帰るとは考えにくい。そんなことをする理由もない。

「うたちゃんは、南子ども園からここまで、バスで来たんだよね……？」

「あぁ。いつもはアパートの最寄りまで乗るけど、買い出しがある時はここで降りるんだ」

「穂乃梨ちゃん、どこか心当たりがあるの？　子どもが行きそうな場所に」

考え込んだ穂乃梨の顔を陽樹が覗き込む。

「うん。……もしかしてなんだけど、公園に行ったんじゃないかな」

「公園？」

「吉田君たちがいつも乗っているバスって、住宅街の中にある公園の前を通るでしょ？」

住宅街は通るが、公園なんてあっただろうか。思い出そうとする結良を待たずに穂乃梨は続ける。

「小さな公園だから通り過ぎるのは一瞬で、記憶には残らないかもしれないけど。小さな子どもから見たら、カラフルなアスレチック遊具が目について、魅力的な公園に見えると思う」

「……そういえば、あいつ。バスの中で急に『公園に行きたい』って言いだしたことがあった」

家ばかりが流れる車窓を指差して「あそこの公園、行きたい」とうたが言ったとき、結良はでたらめだと聞き流していたが。あの辺りに、確かに公園はあったのだ。

「まさか、その公園に行ったのか？」

「可能性はありそうだね。バスで数分の距離なんでしょ？　小さい子なら、すぐ近くだと思うかもしれないよね」

「あそこは似たような道が多いから、途中で迷っているかもしれない。吉田君、久保君、二手に分かれて行ってみようよ」

「分かった」

　駿介に連絡をした結良はバスが通る大通り沿いを、土地勘のない陽樹は穂乃梨と裏道を通りながら公園へ向かう。

　バスに乗ればあっという間の距離も、うたを探しながらだと結構な時間がかかる。小さな子どもが一人で歩く距離だとは思えず、やはりスーパーの店内かその周辺にいるのではないかと思う結良は、何度もスマホを見ては、駿介から連絡が来ていないか確認していた。

「おーい、結良！」

　目的地へ到着すると、一足先に着いていた陽樹と穂乃梨が待っていた。

「吉田君、どうだった？」

「いや。いなかった」

　一目で見回せる小さな公園内にも、うたの姿はない。

「こっちにもいなかった。でもね、ここへ来る途中にある花屋さんが、黄色い服を着た四歳くらいの女の子を見たって」

「本当か？」

「うん。それがうたちゃんなのかは分からない。でも、店の前を一人で歩いていたから声をかけたんだって。そうしたら『戻る』って。大通りの方へ走っていっちゃったらしいの」

「俺は大通りから来たけど、見なかった」

「それじゃ花屋が見たのは、うたちゃんとは違うのかな……。結良、どうする？」

「俺はこのまま子ども園まで行ってみる。陽樹と北川さんは自転車も置いてきたし、一旦スーパーに戻――」

そこで手にしていた結良のスマホが鳴った。

画面に表示された駿介の名前に、すぐさま電話に出る。

『結良君、うたちゃん見つかった。無事だよ！』

「見つかった……！」

聞き耳を立てていた陽樹が声を上げると、穂乃梨はホッと胸を撫でおろし、二人はどちらからともなくハイタッチをする。結良はその横で静かに安堵の息をついた。


うたは、公園とは反対方向にある小学校の前に座り込んでいたところを、駿介の要請《ようせい》で近所を探していたママ友に発見され、保護された。疲れている様子だが、怪我一つないという。

穂乃梨の推測は当たっていた。うたはスーパーを出て住宅街の公園へ向かったが、道に迷って引き返した。結良のいるスーパーへ戻ろうとしたのだ。そこでまた道に迷い、不安にかられ、早く戻りたくてどんどんと突き進んだ。そして疲れて動けなくなっていた。

駿介がママ友の家へうたを迎えに行き、スーパーで合流することになった。

三人が急いで戻ると、スーパーの駐輪場前でうたと駿介が待っていた。うたは駿介に抱っこされてにこにこ笑っていたが、結良の顔を見たとたんに泣きだした。

「ゆらぁぁぁ！」

大粒の涙をこぼしながら、うたは結良のもとへ走り、足にぎゅっとしがみつく。

「叱《しか》らないであげてね」と駿介は言うが、結良はとてもそんな気にはなれなかった。バッグからポケットティッシュを取り出した穂乃梨が、うたの顔を優しく拭いている。

「……駿介さん。陽樹、北川さん。すみませんでした」

足にうたを付けたまま、結良は三人に向かって深々と頭を下げた。

「俺が目を離したせいで、こんなにも迷惑をかけて。知らない人たちまで巻き込んで。本当に、すみません。すみませんでした」

母親も茂も、自分を信頼してうたを預けたのに。

うたを危険に晒してしまった。周りに迷惑をかけてしまった。結良は自分の不甲斐なさに湧き上がる怒りを覚えながら、頭を地につけそうな勢いで下げ続ける。もし足にうたがひっついていなかったら土下座をしていたかもしれない。

「結良……」

そんな結良を前に、顔を見合わせる三人は困惑の表情を浮かべている。

「結良君、顔を上げなさい」

一歩前に出た駿介が、結良の肩に優しく手を置いた。

「僕はね。初めて君と会ったときから、心配していたんだよ」

恐る恐る顔を上げる結良に、駿介は微笑みかける。

「昔の僕に似ている、そう思ったんだ。結婚したとき、僕は料理もしたことがないサラリーマンだった。第一子が生まれて、妻と話し合って、僕は専業主夫になった。必死だったよ。家族を支えようと、何でもかんでも一人で抱え込んで。家事育児は僕の仕事だから、人に頼るのはいけないことだと思い込んでいた。結良君を見ていると、あの頃の自分を思い出すんだ」

引っ込めた手で頬をかいた駿介は恥じるように言った後、真剣な眼差《まなざ》しを向ける。

「子どもって、ちょっと目を離しただけで死んでしまうかもしれない命なんだ。それを一人でなんとかしようなんて、思ってはいけないよ。子育ては周りの協力が必要不可欠なんだ。頼っていいんだ。それは、子どもを守るためにとても重要なことだから」

うたの鼻水を拭《ぬぐ》った穂乃梨が、無言で「うんうん」と頷いている。

「それに。僕から言わせてもらえば、君だってまだ子どもだからね」

子ども扱いをされるのは好きではないのに。結良はこのとき、悪戯《いたずら》っぽく笑う駿介に、固く結んだ紐《ひも》が解れたような、締めつけられていたのが楽になって息がしやすくなったような、そんな感覚を覚えた。

涙が止まったうたに微笑みかけた陽樹が、顔を上げる。

「迷惑だなんて思ってないよ。結良が頼ってくれて、良かったって思ってる」

「陽樹……」

「勝手に借りてきちゃった自転車の持ち主は、迷惑してるかもしれないけどね」

「それはダメだろ」

陽樹の悪戯な笑みには、思わず突っ込んでしまった。

「私のはちゃんと、自分の自転車だよっ」

誰も疑っていないのに、穂乃梨が慌てて弁明する。

「それじゃ、そろそろ紡希のお迎えに行くよ。結良君、店に預かってもらっている食材、忘れずに買って帰ってね」

駐車場に停めていた車に乗り込み去っていく駿介に、結良はもう一度深く頭を下げた。

「僕も。学校に戻って、自転車返してくるよ」

外国のアニメに出てきそうな、謎の派手なキャラクターのステッカーが貼られたヘルメットを被《かぶ》り、陽樹はうたの頭をぽんぽんと撫でてから自転車に跨《またが》った。うたはきょとんとその顔を見上げている。

「ごめんな、陽樹」

陽樹は自転車泥棒とは思えない天性の笑顔を残して、爽《さわ》やかに去っていった。

「私も帰るね。可愛いうたちゃん見てたら、サクに会いたくなっちゃった」

手を振る穂乃梨に、うたは恥ずかしそうに黙ったまま小さく手を振り返している。咲羽子に助けてもらったときもそうだったが、いつもとはまるで別人のように大人しいうたに結良は内心驚く。

「北川さんも、ごめんな」

自転車を漕ぎかけた足を、穂乃梨が止めて振り返った。

「吉田君。さっきから謝ってばかりだね」

「それは……、そうだろ」

「ううん。違うよ」

はっきりと否定され、結良は戸惑う。

「『ごめん』じゃなくて、『ありがとう』でしょ。誰も怒ってなんかいないよ」

また明日。そう言って穂乃梨も去っていった。

一緒にうたを探してくれたみんなには、もちろん感謝している。しかし、怒られていなくても迷惑をかけたのは事実で、だから謝るのは当然で。それが違うとは、どういうことなのか。結良は理解に苦しんだ。

泣き止《や》んで落ち着いたうたとしっかり手を繋ぎ、店の人にも謝ると、結良は買い物を済ませて帰路に着いた。

「お前、どうして一人で公園に行こうとしたんだ？」

「だって。遊びたかったんだもん」

「だからって、黙って行くなんて」

「ゆら、遊んじゃダメって言うもん」

こっそり行って、戻ればバレないと思った。歩いてみたら遠くて、気付いたら知らない場所にいた。ぽつりぽつりと言葉をこぼすように、うたはそう白状した。

「ゆらぁ」

「何だよ」

「うたのこと、きらい？」

不安に揺れる瞳で見上げてくるうたに、結良の足は自然と止まった。

しゃがみ込んで、うたと目線を合わせる。

「ごめんな、うた」

結良が頭を下げると、うたは「どうしたの？」と首を傾げた。

「俺は、自分の都合でお前の自由を奪ってたんだな」

うたは我慢していたのだ。お兄ちゃんの言うことを聞くように。そう親から言われているから。

小学生の結良は家に帰ると、ランドセルを玄関に放ってすぐに陽樹と遊びに行っていた。宿題をしなさいという母親の言葉も聞かずに。でも、うたは違った。

「遊びたい気持ちをずっと抑え込んで、俺の言うことを聞いてたんだよな。ずっと、我慢させていたんだな……」

突発的に店を飛び出したのは、我慢の限界が来ていたのだろう。そこまで追い込んでしまっているのに気付かなかった。穂乃梨みたいに遊んでやることもせず、子ども園で遊んでいるのだから充分だろうと都合よく思っていた。

小学生の自分ができていなかったことを、四歳児に強《し》いていた自分が恥ずかしかった。申し訳ないことをしたと、結良は反省した。

「よし。明日の帰りは、公園に行こう」

「ほんと？」

不安気だったうたの表情がパッと明るくなる。

「アパートの近くにも公園があるんだ。広いやつ。これからは……まぁ毎日は無理だけど、たまには遊びに連れていってやる。約束だ」

「やったぁ！」

「だからもう、勝手に一人でどこかへ行ったりするな」

「うん。もうどこにも行かない。約束するぅ！」

喜ぶうたを見て、本当に無事で良かったと、結良はようやく心からホッと息をつくことができた。

「お腹空《なかす》いたぁ。スパベッキー食べたい」

「俺もだ。早く帰って作ろう」

「サイソクで作ってね！」

「任せろ」

アパートに着いたとたん、うたは疲れて眠ってしまったが、ミートソースが完成したタイミングで目を覚まし、結良と一緒にもりもりとスパゲッティを食べて、お代わりまでしたのだった。

うたが眠りについた頃にかかってきた茂からの電話。結良は迷子の一部始終を話して謝罪したが、「謝らなくていい」と茂も結良を責めることはなかった。

我が子が危険に晒されたというのに何故《なぜ》怒らないのか。叱るどころか「無事で良かった。ありがとう」と優しい言葉をかけてくる茂が理解できなかった。事の重大さが分かっていないのだろうかと、自分のことを棚に上げて思ってしまう。

モヤモヤしたまま眠りについた結良が、茂が駿介やママ友たちにお礼を言って回ったのを知るのは後日のことだった。


翌日は約束通り、降園後にアパート最寄りのバス停で降りると、少し遠回りをするかたちで公園へ寄った。

噴水があるような市街地の公園ほど大きくはないが、走り回るには充分な広さがある。遊具よりベンチの数が多く、日陰を作る木々や雨を凌《しの》げる東屋《あずまや》もあり、休憩や憩《いこ》いの場として造られたような公園だった。

到着するなり、うたは子犬のように走り回る。

「あんまり走ると転ぶぞ」

言ったそばからうたは転倒した。

「うわぁあん。血ぃ出たぁ」

足を擦《す》りむき、滲《にじ》んだ血を見て泣きだす。

「だから言ったろ。帰るか？」

「やだぁあぁ」

アパートに帰らなければ傷を手当てできない。傷は浅いが、このまま遊ばせても服が血で汚れそうだし、傷口にばい菌が入って悪化するかもしれない。かといって素直に帰るとも思えない。

困った結良がため息をついたときだった。

「転んだの？」

通りかかった女性が、泣いているうたに声をかけた。

「血が出てる。待ってて。絆創膏《ばんそうこう》貼ってあげる」

肩にかけているブランド物のバッグから小さなポーチを取り出し、中から一枚の絆創膏を出した。キラキラしている長い爪で器用に紙を剝《は》がすと、うたの怪我した足にそっと貼り付ける。長い髪が顔を隠していて、結良の位置からは見ることができない。

「はい。これでもう大丈夫だよ、うたちゃん」

「さわおねぇさん、ありがとぉ」

　そこでようやく、女性がいつかうたの靴を拾ってくれた、上の階に住む女性であることに気付いた。名前は確か……。

「森さん」

「咲羽子でいいよ」

「すみません、絆創膏」

「いつも持ち歩いているんだよ。靴擦《くつず》れ用にね」

　高いヒール靴を履いている咲羽子は、そう言って近くのベンチに腰を下ろした。

　細い脚を組んでバッグを探っている。煙草《タバコ》でも吸いそうな佇《たたず》まいに、煙草の煙が好きではない結良は少し距離を取る。しかし、咲羽子が取り出したのはガムだった。偏見だったなと、少し申し訳ない気持ちになる。

「食べる？」

「いただきます」

　ぺこりと頭を下げてガムと受け取ると、結良は咲羽子の隣に腰かけてガムを食べた。口の中がスッキリするミントガムは甘味料の味がして、鼻から清涼感のある香りが抜けていく。

　ジャングルジムで遊ぶうたを見守る結良と、その隣で黙っている咲羽子。

会話をするでもなく、ただ同じベンチに腰かけている、同じアパートの住人二人。名前も知らない鳥が近くの木にとまり、名前も知らない実を嘴《くちばし》でちょんちょん突いて、また飛んでいった。

「…………」

他人と時間を共有するのが苦手な結良だが、不安や緊張や不快感といった苦痛がなく、自然体でいる自分に静かに驚いていた。好みのガムを噛んでいるせいだろうか。

「キミさ。人が苦手だったりする？」

それは唐突な質問だった。

咲羽子は、結良と同じで愛想がいいとは言えない。容姿が派手で近寄りがたいところも、図体のデカい結良と同じと言っていい。しかし結良と違って話しやすい雰囲気がある。その理由に結良は気がついた。

「……苦手というより、ただ一人でいる方が気楽で好きなだけです」

「そっか。それじゃ一緒だ。私も同意見だよ」

咲羽子の声は柔らかいのだ。耳に心地よく、まるで真綿のようで、それでいてしっかりと芯もあるから拾いやすい。一言で言うなら、安心して聞いていられる声。

「でも私、友達は多いんだ。友達の定義って人それぞれだけど、一緒に何かをしたり、楽しい時間を過ごす相手という意味では、そう」

失礼にも、意外だなと結良は思ってしまった。一見して遊んでいるようにも見えるが、話してみると落ち着いていて、大人数でわいわいやっているような姿が想像できない。

「人は存在の意味や生きる価値を、人間関係のなかでしか見いだせない」

「……なんですか？」

「アメリカの心理学者の言葉」

有名な名言なのだろうか。初めて聞く言葉だ。

「昔から一人でいる時間が好きだった。今でもそう。一人でいると安心する」

その言葉に共感できる結良は、無意識に頷いていた。

「でも。一人でいると、どこか不安でもある。誰かと関わっていると、そんな自分に安心するんだよね」

そこは共感できなかった結良は「矛盾《むじゅん》してますね」と素直な感想を述べた。

「そうだね。でもどっちも本音。難しいよね。筋の通った建前よりも、一貫性のない気持ちの方が真実だったりするから。特に白黒はっきりつけたがる大人にはさ」

ジャングルジムから滑り台へ移動するうたを、咲羽子が目で追っている。

「ただ遊んでいるだけに見える子どもの方が、実は一番分かっているよ。存在する意味。

生きる価値。自分にとって必要だ、大切だと思うものを、ストレートに欲《ほっ》して、宝物のように大事にできるから」

「……そう、なんですかね」

咲羽子が何の話をしているのか、結良はよく分からなかった。

滑り台には先客がいて、小学校低学年くらいの男の子二人が交代で滑っている。自然に仲間に入るのかと思いきや、うたは滑り台から少し離れたところで、もじもじしながら遊んでいる二人を見ている。滑りたくないのだろうか。男の子たちはあんなに楽しそうに滑っているのに。

二人の男の子を見ていたら、結良は幼い頃の自分を思い出した。あの頃よく遊んだ公園にも滑り台があって、後ろ向きで滑ってみたり、上からどんぐりを転がしてみたり。その隣にはいつも陽樹がいた。

転校してからは、毎日泣いていた。帰りたかった。父親がいた名古屋《なごや》の家に。友達がいた小学校に。帰りたくてしょうがなかった。父親が恋しかった。陽樹に会いたかった。

忘れていた。そんな日々があったことを。寂しさに押しつぶされていた、あの頃を。存在する意味。生きる価値。あの頃のそれらは間違いなく、陽樹だった。

やがてうたは、小さな勇気を振り絞るように両手をぎゅっと握りしめると、男の子たちに声をかけた。すると男の子たちは滑り台の上から、うたに手招きをする。うたは知らない子どもたちと、あっという間に仲良く遊びだした。

転校した結良は、友達を作らなかった。陽樹の隣に帰ることだけを望んでいた。誰かと仲良くなれば、陽樹との思い出が別のものに上書きされてしまう気がして嫌だった。

楽しそうに遊ぶうたを見て、結良は気付いた。あの頃の自分は本当は寂しくて、辛くて、誰とでも仲良くなれる、うたみたいな子が羨《うらや》ましかった。

陽樹の隣に帰れない現実に悲観するばかりで。そんな自分に友達を作る価値はないと思い込んで。クラスに存在する意味もないと考えて殻《から》に閉じこもり、周囲と壁を作っていた。

「ゆらぁ！　さわおねぇさぁん！　見ててねぇ！」

滑り台の上から結良と咲羽子に手を振ると、うたは男の子たちの間に挟まれて三人縦《たて》に並び、前の男の子の「出発進行！」を合図に一斉に滑り降りた。着地すると、後ろの男の子の「到着！」で一斉に笑いだす。

「楽しそうだね。まぜてもらおうか」

「……マジですか？」

思わず咲羽子の、ひらひらした膝丈《ひざたけ》のスカートに目が行ってしまった。

「キミが、だよ」

「俺、ですか」

もしここにいるのがあの頃の自分でも、きっと足は動かなかっただろう。咲羽子みたいに背中を押してくれる誰かがいたなら、一歩前に踏み出せただろうか。そんなことを結良は一瞬考えて、首を横に振った。

「ダメですよ。あれ、十二歳までって書いてあります」

遊具には対象年齢が大きく書かれたシールが貼ってある。

「小学生に見えますか？」

「全然。キミ、何歳なの？」

「十五です」

「私の五つ下か。高三かと思っていたけど」

「学校で、父兄と間違えられたことがあります」

そこまで老《ふ》けてないよ。冗談ぽく笑うでもなく、咲羽子は言った。

その日の夜、うたは迎えに来た茂と自宅マンションへ帰っていった。

しかし翌朝になるといつもの癖《くせ》で二人分の朝食を作ってしまっていた。やけに静かに感じる部屋の中で、結良はうたと過ごした二週間の疲れを取るべく、うたが戻ってくる日曜日の夜までの休日を、ほぼ睡眠に費やした。

月曜日の朝。

教室へ入る前に、結良は前方に陽樹の背中を見つけた。

公園で勇気を出して男の子たちに声をかけたうたの姿が脳裏に浮かぶと、足は自然と前に出ていた。

「陽樹、おはよう」

背後から声をかけた。

振り向いた陽樹が目を見開く。

「うわぁ」

「……『うわぁ』って何だよ」

「だって。結良から挨拶してくれたの、初めてだから」

嬉しそうに言われて気恥ずかしくなる結良だが、何故か陽樹の方が照れている。

「おはよう、結良！」

照れも隠さず笑う、かつての親友。あの頃の面影《おもかげ》が少しだけ覗いたその笑顔を前に、結良は思った。あの頃切望していた陽樹の隣に、帰ってきたんだと。

今の自分は、戻りたいと泣いていたあの頃とはもう違う。それでも。陽樹と再会してから初めて、嬉しいという感情が結良の胸に湧いていた。

「ねぇ結良。穂乃梨ちゃんにも挨拶しなよ。絶対喜ぶから」

「そんなの、お前だけだろ」

「いいから、ほら！」

背中を押されて教室へ入ると、いつもの女子二人組と話している穂乃梨のもとへ渋々向かう。うたの件で世話になった手前逆らえない結良は、監視員のようにぴったりとくっついてくる陽樹を一瞥《いちべつ》してから穂乃梨の前に立った。

「おはよう、北川さん」

「え、えええええ？」

おしゃべりに夢中になり声をかけられるまで結良に気がつかなかった穂乃梨は、結良と目が合ったとたんにその目を見開いた。

「……？」

予想もしない反応に、結良はどうしていいのか分からず、その場で固まる。

「ご、ごめん。吉田君から挨拶してくれるなんて思わなくて、ちょっとびっくりしちゃって。……おはよう、いい朝だね！」

頬を赤らめた穂乃梨が嬉しそうに挨拶を返した。

「……そうか？」

今日は朝から小雨《こさめ》が降ったりやんだりを繰り返している、ぐずついた天気なのだが。結良の隣で「ほらね」と太陽みたいに笑っている陽樹が若干《じゃっかん》、鬱陶《うっとう》しい。

「いい朝だよね」

「グッモーニン」

女子二人組にまでにんまりされると、落ち着かない結良は痒《かゆ》くもない頭をかきながら、その場から逃げるように自分の席へ着いた。


天気は次第に回復し、夕方になると空には晴れ間がのぞいたが、濡れたアスファルトや雫《しずく》を落とす街路樹にはまだ雨の匂いが残っている。

「今日はね、つむちゃんとお店屋さんごっこをしたんだよ」

水色のリボンが付いた長靴で、うたは浅い水溜まりの上を跳ねた。長靴を最強アイテムだと思っているのか、うたは水溜まりを見つけると果敢《かかん》に攻めようとする。

「そうか」

長靴とお揃いのリボンが付いた小さな傘を手に、隣を歩く結良は飛んできた水を避ける。

「何の店だ？」

道の先に大きな水溜まりを見つけた結良は、質問をすることでうたの気を逸《そ》らして大きな水溜まりを回避した。

「うたはお花屋さん。お花はね、折り紙で作ったんだぁ。みんな買いに来てくれたから、おーもーけだったよ！」

黄色いスモックのポケットから葉っぱの束を取り出し「おほほほほ」と不敵に笑う。お金だと言ううたにとって、それは札束なのだろう。

「つむちゃんはね、ケーキ屋さん」

「意外と普通に遊ぶんだな」

「コーキュー店だから、子どもには早いって。先生にだけ売ってた」

紡希を連れた駿介が「まだ早い」と言って、高級洋菓子店の前を素通りする光景が目に浮かぶ。

「真由美せんせぇはね、三つくださいって言ったの。つむちゃんはね、せんせぇのキューリョーじゃ三つも買えないし、ダイエット中だから、一つだけ売りますって言ったの」

子どもの口から漏《も》れ出る大人たちの裏事情に、結良は末恐ろしいものを感じた。

「でもね、つむちゃん。真由美せんせぇにはね、イチゴが一番大きいケーキあげてた。せんせぇ嬉しくて泣いてたよ」

それは本当に嬉し泣きだったのだろうか。

「ゆらは？」

「何がだ？」

「今日、お友達と何して遊んだ？」

「学校は遊びに行く所じゃないんだ」

かと言って勉強も大してやっていないが、明言は避けた。

「この前、ティッシュくれたおねぇちゃんと、かっこいいおにぃちゃん。お名前は？」

「あぁ。北川さんと、陽樹だ」

「ゆらのお友達？」

「…………」

咲羽子が言うように、一緒に何かをしたり楽しい時間を過ごす相手を友達と言うのであれば、今の自分に友達はいない。友達のいない自分を卑下《ひげ》する考えもない。

「そうだ」

なのにどうして自分は肯定したのか。結良は自分でもその理由がよく分からなかった。

3　「バカって言っちゃ、いけないいんだよ」

うたがアパートへ来て三週間が過ぎた。

慌《あわ》ただしく始まった四月も終わりが近づき、新生活にも慣れてきた頃。

それは突然起こった。

「やられた……」

カーテンを開けた窓から差し込む朝日に照らされた室内。寝起きの結良《ゆら》が呆然と見つめる先で、うたがダンゴムシみたいに丸まって眠っている。足で蹴飛ばされたと思《おぼ》しき掛け布団も、うたの足元で丸くなっている。

そして敷き布団には、丸くて大きな水溜まりができている。

「おい、うた！　起きろ。トイレに行くぞ！」

身体を揺さぶられて目を覚ましたうたが、目を擦《こす》りながら起き上がる。

「トイレ？　もう行ったよ、さっき」

「トイレに行く夢を見やがったな。もう手遅れか……」

濡れているうたのパジャマのズボンが、全てを物語っている。枕元に転がっていたクマのぬいぐるみは難を逃れていたが、結良は額《ひたい》に手を当ててため息をついた。

「どうすりゃいいんだ、これ。……とりあえずシャワーか」

まだ目が開ききらないうたを持ち上げると、そのまま風呂場へ直行する。

「お風呂入るの？　うた、ごはん先に食べたいよぉ」

寝ぼけてほわほわしているうたのパジャマを脱がせ、シャワーを浴びさせる。汚れたパジャマや下着は浴槽に放り込んでお湯をかけた。洗濯している時間はない。きれいになった身体に急いで服を着せる。

ここでようやく自分がおねしょをしたのだと気付いたうたは、恥ずかしそうにもじもじしだした。

「自分で着れるよぉ」

「俺がやった方が早いんだよ。朝飯食う時間なくなるぞ」

ただでさえ朝は忙しいのに。結良がつい苛立《いらだ》った言い方をすると、うたは困ったような顔で焦《あせ》りだす。

「ゆらぁ」

「何だよ」

「あーぁ。たくさん汗かいちゃったなぁ」

「無理のある言い訳はよせ」

ちょっと笑いそうになった自分の顔にお湯をかけて、結良は洗顔を済ます。

敷き布団のシーツが防水タイプだったおかげで中身は無事だった。シーツも浴槽に入れて、パジャマと一緒に軽く洗い流す。

「パジャマもシーツも洗い替えがあるから、洗濯は帰ってからでもいいな。よし」

ひとり呟《つぶや》きながら急いで朝食の準備をして、うたにも食べさせる。片付けは後回し。自分の身支度《みじたく》もそこそこに、うたの髪をとかしながら通園カバンを開け、洗濯済みのハンドタオルとランチョンマットがちゃんと入っているのを確認する。水筒を準備し、連絡帳アプリを開いて、今朝の体調の「良好」欄にチェックを入れる。

「忘れ物はないいな？」

「はーい！」

「よし。行くぞ」

「いってっしゃーい！」

「お前も行くんだよ」

「間違えちゃった。いっちきまーす！」

オレンジ色の運動靴をうたがしっかりと履《は》いたか確認し、アイロンをかける暇《ひま》がなかったしわくちゃのハンカチをポケットにねじ込んだ結良は、バッグを抱《かか》えた方の手で燃えるゴミを持ち、反対の手で幼い手を引いてアパートを出た。

「さわおねぇさん、おはよぉ！」

「おはよう。今日も元気だね」

ゴミ収集所前ですれ違った咲羽子《さわこ》と挨拶《あいさつ》をかわし、バス停へ向かう。

うたの歩幅に合わせる歩きづらさにも、いつの間にか慣れている。初めてのおもらしというハプニングにも対処できてしまう自分がいる。この非日常が、だんだんと日常化していくのを感じる結良は、慣れというものは怖いなとバスを待ちながら思った。


更衣室で体操着から制服に着替えた結良が教室へ戻ると、体育の時間に走った二百メートル走の記録が黒板に張り出されていた。席に着くなり、穂乃梨《ほのり》が駆け寄ってくる。

「すごいね吉田《よしだ》君。クラスで一位だよ。しかも断トツ！」

「そうか」

チビだった小学生の時から足の速さだけは誰にも負けなかった結良は、この手のパターンに慣れているため、褒《ほ》められてもさして嬉しいとは思わない。

張り出されているのは男女上位五名の名前と記録。黒板前に人が集まると、一人の男子がそれを声高《こわだか》に読みだした。

「男子一位、吉田結良！」

「おぉ！」と歓声や拍手が湧いた。二位、三位と順に発表されるたびに歓声があがるが、興味はない。

「そして五位はオレ、相原伊吹《あいはらいぶき》！」

「よっ。相原！」と、どこからか歌舞伎《かぶき》の大向こうのような声が飛び、クラス中がどっと笑いに包まれる。何が面白いのか、結良はよく分からない。

「女子一位、北川《きたがわ》穂乃梨！」

盛大な拍手が巻き起こり、顔を赤らめた穂乃梨が恥ずかしそうに笑ってそれに応《こた》えた。

コースは男女別だったため穂乃梨が走っているところを見ていなかった結良は、顔には出していないが驚いていた。

「北川さんも、足速いんだな」

「えへへ。実はずっと陸上やってるから、ちょっと自信あったんだ」

照れながらも胸を張る穂乃梨の後ろで、いつもの女子二人組がくすりと笑う。

「吉田君。今、意外だなって思ったでしょ？」

「いつも、のほほんとしてるもんね、穂乃梨」

「ちょっとユイ、ミユ」

二人を振り返って穂乃梨が抗議するような顔つきをする。穂乃梨と仲がいいこの女子二人組の、ピアスをした髪の長い方がユイで、ズボンを履《は》いた髪の短い方がミユだということは最近覚えた。

「二人ともリレーの選手だね。頑張って」

「優勝したクラスには特典があるって話だよ」

恒例行事の校内体育祭を来月に控え、クラス対抗リレーに出場する選手を選抜するために、結良たちは体育で二百メートル走のタイムを競った。ちょっとでも手を抜こうものなら、指導熱心で有名な体育教師の怒声が飛んでくるため、みんな全力で走った。結良も例外ではなく、もれなく代表選手となった。

「特典？　何だろう」

わくわくしている穂乃梨に、ユイとミユは続ける。

「自称名人の校長先生が、優勝クラスのためだけに詠《よ》む川柳《せんりゅう》」

「賞状と一緒に一年間、教室に飾るのが習わしなんだってさ」

「……欲しいか？　それ」

思わず結良が口を挟んだ。

苦笑いを浮かべる穂乃梨の顔は、明らかにガッカリしている。

男女ともに記録上位四名の計八名が選手に選ばれ、五位の二名は補欠となる。残りの生徒はクラス対抗ソフトバレーボールに出場する。

「みんな、ごめん。ちょっと聞いて」

体育祭の実行委員である陽樹《はるき》が教壇に立った。それまでの私語がピタリと止まり、誰もが陽樹に注目する。陽樹に対するクラスの信頼度を目の当《ま》たりにするような光景だ。

「今日から放課後、体育祭の練習でグラウンドと体育館が使えるようになります。クラスごとに使える場所と曜日が決まっていて、このクラスは、今週は今日の月曜日と木曜日がグラウンドを使えます。体育館が使えるのは火曜日と金曜日です。なので今日、リレーの選手は残って練習に参加してください」

リレーの選手に選ばれた生徒たちが「はーい」「オッケー」と了承する。穂乃梨も返事をしたが、ハッとした顔で結良を振り返った。

「吉田君、うたちゃんのお迎えがあるよね……」

「そうだな」

放課後はすぐに子ども園へ行かないと、うたのお迎えに間に合わない。

「俺は練習に参加できない。悪いけど」

出るからには本気で走る。体育祭への意欲や取り組みは成績の評価点に反映されるため、学力に不安がある結良にとっては頑張りどころである。ただ、やる気に反してやむを得ない事情がある。

自分が練習に参加しないことでリレーメンバーや、実行委員の陽樹にまで少なからず迷惑をかけるだろうと思うと、結良は顔には出さないが申し訳ない気持ちになるが、こればかりはどうしようもなかった。


課業の終わりを知らせるチャイムが鳴ると、リレーメンバーが体操着を持って更衣室へ向かっていく。そんな彼らを背に、結良はうたを迎えに行くため校舎を後にする。事情を知っている陽樹やクラスメイトたちは黙ってそれを見送った。

「……」

ただ一人、相原だけが結良の背中を冷ややかに睨《にら》んだ。それはほんの一瞬のことで、誰もそのことに気付いていていない。

「久保《くぼ》君、ちょっといい？」

人が集まりだしたグラウンドで、リレー用のバトンやハチマキの準備をしている陽樹に、体操着に着替えた穂乃梨が駆け寄る。

「吉田君のことなんだけど。練習に参加できるように何とかならないかなって。例えば、うたちゃんを連れてきてもらって、手の空いている人でうたちゃんを見るとか」

「うん。僕も同じこと考えた」

　クラスカラーである紫のハチマキを渡しながら、陽樹が頷《うなず》く。

「結良が練習に参加する間、僕がうたちゃんを見ようと思ったんだ」

「久保君はリレーにも、バレーにも出ないんだっけ？」

「実行委員は審判や記録係だからね。それを狙って立候補したんだ。運動は苦手だから、みんなに迷惑かけないようにっていう僕なりの配慮」

「いいと思う。久保君はリーダーに向いてるよ」

　独特な走り方と最低記録で男子たちを驚かせた陽樹の二百メートル走を見ていない穂乃梨は、陽樹の自虐《じぎゃく》に気付かず、頭にキュッとハチマキを巻いて笑う。

「ありがとう。それで先生に頼んでみたんだ。でも」

　難しい顔をして嘆息《たんそく》交じりに陽樹は続ける。

「そうなると、もし校内でうたちゃんに何かあった場合、責任を取るのは生徒じゃなく学校だから、安易に容認はできないって言われちゃったんだよね」

「そっか……」

顔を曇らせる穂乃梨に、陽樹は快晴の青空にも負けない爽《さわ》やかな天性の笑顔を向けた。

「また別の策を考えてみるよ。穂乃梨ちゃんは練習頑張って」

「うん。明日、吉田君に練習内容を伝えるよ。少しでもイメージができた方がいいから」

気合いを入れるように穂乃梨はストレッチを始め、陽樹も準備に手を動かす。しかし全員が揃《そろ》わない練習に二人は不安を抱いていた。それは補欠も含めたリレーメンバー全員も同じだった。


紡希《つむぎ》の家は、結良のアパートが建つ同じ町内にある。

住宅街と田園地帯の中間にあり、国道沿いにぽつぽつと数軒の家が建っている、そのうちの一軒だ。

うたと紡希がハムスターのハチと遊んでいるリビングは広々としていて、結良と駿介《しゅんすけ》がコーヒーを飲みながら寛《くつろ》いでいる革張りのソファはフカフカしている。紡希の母親は仕事、二人の小学生の姉たちは遊びに行っていて留守だった。

「つむちゃん、次はブランコ乗ろう！」

「うたちゃん、それはハンモックよ」

二人で乗ってキャーキャー騒ぎながら揺れている大きなハンモックの前には、煙突が屋根を貫通している薪《まき》ストーブがある。冬はこれ一つで家中が暖かくなるという。

駿介に誘われて初めてやってきた結良は、思わず内観を見回していた。

「おしゃれですね」

「意外だろう？」

「そうですね」

常に家着のような格好で激安スーパーを回っている男の家とは思えない。結良の素直な反応に駿介は苦笑する。

「僕はもともとインテリア業界にいたから、家具にはちょっとこだわってるんだよね」

「それが家計を圧迫するから、おかげでこっちは節約の日々なのよ」

ハンモックから身を乗り出した紡希に睨まれた駿介は「そういえば」と慌てて話題を変えようとする。

「結良君、学校はどう？　もう慣れた？」

「まぁ、そうですね」

「お昼は弁当を持っていってるの？」

「昼はいつも購買で済ませてます」

「購買のハムカツサンドは食べたことあるかい？　あれ美味《おい》しいよね」

「美味《うま》いですね。確かに」

「そうだ。もうすぐ体育祭だね」

「はい。……よく知ってますね」

「ふふん。実はね、僕もその制服を着ていたんだ。結良君の先輩なんだよ、僕は」

意気揚々《ようよう》と駿介が正体を明かす。

「そうなんですね」と、結良は無表情に返した。

「……あ、あれ。もっと、こう『えぇ？』とか『嘘ぉ？』とか、リアクションしてくれてもいいんだよ。いつ言おうかと思いながら今までずっと寝かせておいた、とっておきの話のネタだったんだよ」

「いや、購買の人気ナンバーワンを知っているあたりで、そうなのかなと思ったので」

驚かそうと思ったのに、と思惑《おもわく》通りにならず悔しがる駿介。「卒業アルバムを見るかい？」という申し出を、さして興味がない結良はやんわりと断った。

「今の校長先生は、僕の一年の時の担任だったんだよ」

ああ。川柳の人か。結良の校長に対する印象はすっかりそれだった。

「懐《なつ》かしいなぁ。クラス対抗リレーは特に盛り上がるから出場選手に憧《あこが》れたよ。一度だけ補欠になったけれど、結局リレーには出られなかったなあ。結良君は何に出るんだい？」

「リレーですね」

「おぉ。すごいじゃないか！　そろそろ放課後練習とか始まるんじゃないの？」

「今日から始まってます。俺はうたの迎えがあるから出ませんけど」

　二人の視線が、テレビの前でアニメを観《み》始めたちびっ子たちに向けられる。急に静かになったと思ったら、うたも紡希も、ハムスターのハチまで魔法少女に釘付けになっている。

「まぁ、足の速さには自信あるんで。問題ないです」

　練習に参加しないことは心苦しく思うが、その分は結果で返せばいい。結良はそう思っていた。

「結良君。君の足は速いかもしれない。でも、己《おのれ》の力を過信してはいけない。リレーで最も大事なのは連係だよ」

　丸縁《まるぶち》眼鏡のブリッジを押し上げた駿介が結良ににじり寄る。

「いいかい。重要なのはバトンパスだ。これが運命を左右すると言ってもいい。いくら結良君の速い足でライバルとの差を稼いでも、一たびバトンミスを起こせばあっという間にその差は縮められてしまう。ライバルもまた選ばれし駿足《しゅんそく》であることを忘れてはいけない」

「……はぁ」

　結良はコーヒーを飲むふりをして、力説する駿介から顔をそらす。

「スピードが乗った状態でいかに減速せずにバトンを渡すか、これが大事なんだ。受け取る方も然《しか》り。しかしこれが案外難しい。習得するには仲間との練習あるのみ！」

「く、詳しいですね……」

「僕は陸上部だったんだよ。風を切って走る爽快《そうかい》感と、ゴールした時の達成感。汗をかく気持ち良さ。部活動は僕の青春そのものだったよ。……万年補欠だったけどね」

　遠い目をした駿介の寂しそうな横顔に、かける言葉が見当たらない結良は黙ってコーヒーを啜《すす》る。

「結良君。体育祭をただの校内行事だと侮《あなど》ってはいけない。ことリレーにおいては、今後の高校生活がかかっていると思いなさい」

「どういうことですか？」

「リレーで勝つと、めちゃめちゃモテるんだよ！」

「小学生ですか。あとそれ、人によると思います」

　呆れつつも、結良は内心焦った。

　足が速ければ何とかなると思っていた。しかし駿介の話を聞いて、確かにその通りかもしれないと急に不安になった。

不安になったとたん、結良はあることを思い出した。それは学校の帰りのこと。相原に一瞬睨まれたような気がしたのだ。

その後何かを言われるということもなかったから気のせいだろうと忘れていたが、練習に参加しない自分のことを良く思わない人はいるだろう。特にリレーのメンバーは。

相原は補欠だがリレーの選手だ。理解を示してくれた穂乃梨も、内心では難色を示しているかもしれない。陸上をやっているくらいだから、きっと結果を出したいはずだ。

「よし結良君、こうしようじゃないか」

「いえ、結構です」

「こらこら。まだ僕は何も言っていないよ？」

「これから一緒にバトン練習をしよう、って言うのかなと」

「出来ればそうしてあげたいけど、現役高校生相手にさすがに無理だよ。それに練習はやっぱり仲間と一緒にやるのが一番いい。だから、結良君は練習に参加しなさい」

「でも、うたが」

「結良君が練習の間、うたちゃんは僕が預かるから。うん、それがいい！」

名案だと言わんばかりに駿介が声を張り上げた。うたと紡希が「なぁに？」と駆け寄ってくる。子どもというのはどうして呼んだときには来ないのに、呼んでいないときに来るのだろう。

「……いや、駿介さんだって、そんな暇《ひま》じゃないですよね」

うたの迷子の一件以来、駿介に頭が上がらない結良は誘われるままにこうして遊びに来ているが。駿介に「子ども」だと言われても、素直に甘えられるほど結良は子どもにはなれない。

「後輩の大事な高校生活がかかっているんだ。先輩として、ここはひと肌脱がないと」

「かかってませんから」

「選抜リレーに出るのは僕の夢だったんだよ。頑張ってね。僕の分まで」

「成し得なかった夢を俺に託すのはやめてください」

「よく分からないけど、うたちゃんを預かればいいのね？」

駿介の隣に立った紡希が、結良に向かってどんと胸を張った。

「大丈夫よ。わたしに任せなさい！」

親子は揃って親指を立てた。

「まかせるぅ！」

「お前が言うのかよ」

親子の真似をして、うたも親指を立てる。

二人はまた魔法少女の続きを観るためにテレビの前へ戻っていった。

「決まりだね。結良君、コーヒーのお代わりはどうかな？」

「……お願いします」

ニッコリ笑って駿介がキッチンへ消えていく。強引な親切の押し売りに多少の戸惑《とまど》いはあっても、結良は以前のようにありがた迷惑だと腹立たしさを覚えることはなかった。

「助かります……」

正直な気持ちが思わず口からこぼれた。リレーを辞退することも考え始めていた結良は、差し伸べられた駿介の手をありがたく受け取った。


五月に入ると、日中の汗ばむ暑さから制服のブレザーを脱ぐ生徒が増えてきた。

放課後、制服から半袖半ズボンの体操服に着替え、体内の熱を放出した涼しさにスッキリしながら結良はグラウンドに出た。

今日は学年別四クラスのリレー代表がグラウンドを使って練習をする。補欠を入れて選抜選手はひとクラス十人。単純計算で四十人がグラウンドに集結する。しかしグラウンドにはその倍の生徒たちの姿があり、結良は面食らう。制服姿の生徒が半数近くいる。

「おい、陽樹。何で関係ないやつらもいるんだ？」

グラウンド整備をしていた陽樹に、結良が問いかける。振り返って相手を確認した陽樹は一瞬キョトンとした。

「関係ないってことはないでしょ。結良たちは僕らの代表なんだから。みんな応援に来てるんだよ。練習もイベントの一環だからね」

「そう、なのか」

グラウンドを一瞥《いちべつ》すると、目が合ったユイとミユが手を振ってきた。

「ほら。うちのクラスなんか半数以上いるよ。……で。どうしたの結良、その格好。帰らなくて大丈夫なの？」

「あぁ。それが――」

「吉田君？」

そこへ、一足先にランニングをしていた穂乃梨が、結良に気付いて駆け寄ってきた。結良は軽く手足を回しながら、練習に参加できるようになった背景を二人に説明した。

「それじゃ今日は結良の代わりに、駿介さんがうたちゃんのお迎えに行ってくれてるんだね」

「あぁ」

「良かったね、吉田君」

「そうだな」

二人が嬉しそうに顔を見合わせるのを見て、結良もホッとする。うたは結良が帰宅する頃に、駿介がアパートまで送ってくれることになっているから、練習には最後まで参加できそうだ。

練習の内容は穂乃梨から聞いた通り、基本的には各クラスとも自由練習で、体育教師である佐藤《さとう》が順番に回って指導に当たる。結良のクラスの選抜チームが全員揃ったところで、ウォーミングアップにトラックを走り始めた。

「佐藤先生って、普段は優しいのに熱が入ると人が変わるよな」

「教育熱心って言うより、あれは単にキレやすいだけだろ。屈強な身体してバカでかい声で暴言吐かれると、普通に怖いよな」

穂乃梨と並走する結良の後ろを走る男子二人がそんな会話を交わしたそばから、佐藤の怒声が辺りに響いた。どうやら他のクラスの数名が練習に遅刻してきたらしい。

「吉田は前回の練習休んでるから、何言われるか分からないぞ。気をつけろよ」

後ろの男子が心配そうに結良に声をかける。

「……何に気をつけりゃいいんだ？」

一抹《いちまつ》の不安を抱えつつトラックを三周も走るとじんわりと汗をかき、息も上がって血の巡りと心臓の動きが活発になるのを感じる。しっかりと水分補給をしながらグラウンドの隅に集まり、作戦会議を開いて走順を話し合う。

トップバッターは女子、その後は男子、女子の順番で組んでいき、アンカーは男子というのが定められたルール。

「他のクラスの走順とか探るべきなのかな。陸上経験者の意見を聞いてもいい？」

陽樹の言葉でみんなの視線が穂乃梨に集まると、控えめに「個人的な意見なんだけど」と前置きをして穂乃梨が答える。

「私はバトンパスが一番重要だと思う。だから順番はあまりこだわらずに早めに決めて、徹底的に前後の走者との息を合わせる練習をするのがいいかなって」

他の陸上経験者からも「賛成」の声が上がる。駿介が言っていた通りだ。バトンパスの重要性を再確認し、やはり練習に参加できてよかったと改めて思った、そのときだった。

「ゆらぁ！」

最初は幻聴かと思った。

顔を上げた先で、ここにはいないはずの駿介と目が合った結良は「へ？」と間の抜けた声を漏《も》らした。

「うたちゃん？」

こちらに駆け寄ってくるうた。その手を引く駿介と紡希の姿に、最初に反応したのは穂乃梨だった。

グラウンドの注目を集めながら、うたは結良に飛びついた。

「ダメだようたちゃん、お兄ちゃんの邪魔をしちゃ」

「ちょっと駿介さん、なんでここにっ？」

「ごめんよ結良君。うたちゃんがどうしても観に行きたいって言うからさ」

「違うのよ、うたちゃんのお兄さん。最初に『ちょっとだけ観に行こうか』って言いだしたのはパパなんだから」

かわいい。あまり似てないな。うたの正体を察したクラスメイトたちがざわつき始める。

「そんな、困りますよ……」

結良は咄嗟《とっさ》に、佐藤から隠すようにうたを抱えた。

「校長先生に頼んで、許可はもらったよ。なんでも結良君を練習に参加させたいって直談《じかだん》判《ぱん》した子がいたらしくて、話を聞いてもらえたんだ」

「直談判……？」

一体誰が。自然と振り返った先で目が合った陽樹が、天性の笑顔を浮かべてピースサインをかかげた。

「でもまさか、駿介さんがうたちゃんたちを連れてくるとは思いませんでしたけどね」

「いやぁ。後輩たちの頑張りを見たくなっちゃって」

「え。駿介さん、この高校の出身だったんですか？」

「そう、そう。そのリアクションが欲しかったんだよ」

自分の知らないところで働きかけてくれていた陽樹。うたを預かり練習に参加させてくれた駿介。そんな二人の手前、うたを追い返すことはできないと諦《あきら》めた結良は、抱えていたうたを駿介に渡した。

「うた。大人しくしてろよ。いいな？」

「うん。わかった」

周りの視線に気付いたうたは恥ずかしそうにもじもじして、借りてきた猫状態だ。この様子なら大丈夫だろうと結良は思った。

「結良君、みんなも、頑張ってね！」

「うるさいわよ、パパ。静かにして」

懐かしの母校に高揚を隠しきれない駿介の方が心配だが、親にも容赦なく注意をする紡希の存在が心強い。

アパートだけでなく、ついに高校までうたがやってきた。落ち着かない結良だが、そのお陰でこうしてリレー練習に参加できているから文句は言えない。

「はい。オレ、アンカーやりたい。目立ってモテたい」

「理由はともかくやる気があるのはいいよね、相原君。補欠なのが残念だね」

「ひどいっ！」

爽やかに毒づく陽樹に、相原が変顔で憤慨《ふんがい》すると笑いが起こる。しかし時には真剣な面《おも》持《も》ちで話し合いは進み、走順が決定したところで佐藤の指導の順番が回ってきた。

トップバッターはスタートダッシュに定評がある穂乃梨。結良は第六走者。佐藤に基本を教わり、走順に並ぼうとした時だった。

擦《す》れ違いざまに結良の腕が少しだけ、相原にぶつかってしまった。「悪い」と謝る結良に相原は「あのさ」と近づく。

「無理して来なくてもいいんじゃない？　代わりはいるんだしさ」

結良にしか聞こえないような声でそう言うと、相原はそのまま結良の横を通り過ぎていった。顔は笑っていたが、棘《とげ》のある言い方に結良は眉をひそめた。

バトンパスの練習が始まり、結良は練習に集中しようと気持ちを切り替える。

「距離をしっかり見計らって走れよ！　腕をしっかり伸ばせ！」

ジャージを着ていても分かる筋肉質な体軀《たいく》で、身振り手振りアドバイスをする佐藤のボルテージは早くも上がっていた。

慣れないパス練習に結良を含む大半が思い通りにはいかず、佐藤は寄り添う姿勢をみせつつも、もどかしさを隠そうとしない。いつもおちゃらけている相原も笑顔を封印している。

応援するクラスメイトたちと一緒になって見守っているうたにも、焦りと緊張が伝わっているのか、駿介と紡希の間でとても大人しくしている。

第五走者の女子はかなり小柄だった。体操服には「泉《いずみ》」と名前が刺繍されている。結良と泉は身長差も影響してか互いの距離感がなかなかつかめずにミスを繰り返した。それでも何とかバトンを渡そうと、泉は結良の手にバトンを押し込もうとした。後ろに手を伸ばしたまま前を向いて走る結良は、位置が高いかもしれないと思い手を少し下げた。二人のタイミングが合わず、バトンの受け渡しができる範囲であるテイクオーバーゾーンを飛び出してしまい、バトンも落としてしまう。

「なにやってんだ、バカ野郎が！」

佐藤の怒声が飛ぶ。

「すみません」

なんてデカい声なんだ。耳がおかしくなる。結良は顰《しか》め面《つら》を隠すように佐藤に頭を下げると、すぐさま落としたバトンを拾う。隣では泉がすっかり怯《おび》えた顔で萎縮《いしゅく》していた。

「ごめんね吉田君」

「いや、俺が悪い」

やはり自分の考えは甘かった。他人と息を合わせるのは想像以上に難しい。自分がもっとちゃんとできていれば怒られることはなかった。結良は佐藤の口の悪さよりも、自分の至らなさに怒りを覚えてため息をついた。

「ゆらをいじめないでぇっ！」

背後から飛んできたうたの叫びに、結良がぎょっとして振り返る。

涙目になったうたが、佐藤に向かって頬っぺたを膨《ふく》らませている。うたの訴えに紡希もうん、うんと首を縦《たて》に振った。

「あなた、本当に先生なの？　まるで悪魔か鬼みたいだわ」

「はぁ？」

小さな子ども相手にも容赦なく睨みつける佐藤に、駿介が慌てて「すみません」と謝る。

「はぁ。困りますね。練習の邪魔をするなら帰ってください」

「悪い鬼さんは、オネガシマスに帰れぇ！」

オネガシマス？　その場の誰もが疑問符を浮かべるなか、結良だけが「鬼ヶ島な」と胸中で突っ込んでいた。怒りながら今にも泣きだしそうなうたを、駿介が謝りながら宥《なだ》めている。結良も慌てて佐藤に頭を下げた。

「俺の妹です。すみません」

「大人に楯《たて》突《つ》くとは。まったく、お前の親はどんな教育をしてるんだ？」

怒鳴られようとも平気だった結良だが、親を悪く言われて初めて佐藤に強い不快感を覚えた。それでも、これ以上みんなに迷惑はかけられないと頭を下げ続ける。

「あなたこそ、どうかしてるわよ」

青ざめた駿介が紡希の口を手で押さえたが、遅かった。

「何だと？」

鬼の形相《ぎょうそう》を浮かべる佐藤にその場が凍りつく。他のクラスの生徒たちも、幼児と佐藤が言い争っているただ事ではない状況に気を取られている。

このままでは練習どころではなくなってしまう。結良は駿介と一緒になって必死に謝るが、佐藤の怒りは収まらず「俺のやり方に不満があるのか」「お前らも帰れ」とクラスメイトたちにまで飛び火してしまった。

『無理して来なくてもいいいんじゃない？　代わりはいるんだしさ』

相原の言う通りだ。

動揺するクラスメイトたちを見た結良は、意を決して前へ出た。

「……すみませんでした。俺は帰ります。もう練習にも参加しません。リレーは辞退します。だから、みんなの練習はこのまま続けさせてください。お願いします」

こうなったのは、うたのせいでも、紡希や駿介のせいでもない。自分のせいだ。後でみんなにも謝ろう。結良は深く頭を下げた。

「先生。結良はチームになくてはならない選手です。どうか許してください」

「……陽樹？」

驚いて顔を上げると、結良の隣で陽樹が佐藤に頭を下げている。

「やめろ、陽樹。これ以上は――」

「私も。吉田君と、みんなと一緒にリレーに出たいです。お願いします！」

穂乃梨も隣に立って頭を下げる。

「練習を続けさせてください。お願いします」

泉も前に出て頭を下げた。するとクラスメイトたちが次々に「お願いします」と頭を下げだした。

「………」

思わぬ展開に呆然としながら、結良は再び頭を下げた。うたと紡希を除くその場の全員に頭を下げられた佐藤はようやく怒りを鎮《しず》め、我に返ったように周囲の視線を気にしだす。いつの間にか近くには校長の姿もあった。

「わ、分かった。もういい。全員練習に戻れ」

顔を真っ赤にしていた体育教師の鎮火に、顔を上げたみんなは安堵《あんど》の表情を浮かべた。陽樹と穂乃梨と顔を見合わせた結良もホッと息をついた、のもつかの間。紡希がうたの手を引いて佐藤のもとへ歩み寄るのを見て息を呑む。

「さっきは言い過ぎました。邪魔をしちゃって、ごめんなさい」

礼儀正しく謝る紡希に、結良の心配は杞憂《きゆう》に終わる。続けてうたも何か言おうとするので謝るものだと思った。

「バカって言っちゃ、いけないんだよ。まゆみせんせぇが言ってたもん」

まさかの説教だった。

しかし幼児相手に正論で諭《さと》されてしまうとさすがに何も言い返せず、佐藤は気まずそうに立ち尽くしていた。それを見てスカッとしたのは自分だけじゃないはずだと、笑いを堪《こら》えているクラスメイトたちを見て結良は思った。

その後も佐藤の怒声は幾度となくグラウンドに響き渡ったが、「バカ野郎」の常套句《じょうとうく》は一度も出なかった。

無事に練習が終わった頃には、クラスメイトたちに可愛がられて打ち解けたうたはニコニコ顔。大人相手に啖呵《たんか》を切っていた紡希も、かっこ良かったとちやほやされると嬉しそうに照れている。

「でも一番かっこよかったのは、お兄さんを守ろうとしたうたちゃんよ。そうでしょ？」

紡希が結良に問いかける。

「そうだな」

うたは結良が怒鳴られているのを見て、いじめられているのだと思った。だから結良を守ろうと、うたは果敢に叫んだのだ。高校生でも恐怖心を覚える佐藤を相手に。小さな身体に備わっていた大きな勇気に感心し、それを自分のために出してくれたのかと思うと、結良は今までに感じたことのない、胸の奥がくすぐったくなるような感覚を覚えた。この気持ちを何と言えばいいのか分からないが、「感動」に近い気がする。

校長と談笑を交わしていた駿介は、やがてうたと紡希を連れて帰っていった。

「ちょっと待って」

片付けを終えて帰ろうとするクラスメイトたちを結良が呼び止める。練習が中断し、とばっちりを受けて頭を下げる羽目になったみんなは、きっと怒っているだろう。ちゃんと謝らなければ。

「さっきは……」

クラスメイトたちの視線が一斉に集まる。

厳しい目つきに囲まれることを想像していた結良だが、そこに広がる表情は穏やかだった。ただひとり、相原だけは冷めた目を寄越《よこ》しているが、その顔にも怒りの感情は浮かんではいない。

あんなに迷惑をかけたのに、どうして誰も怒っていないのか。理解ができず戸惑う結良の脳裏に、穂乃梨の言葉が蘇《よみがえ》る。

『「ごめん」じゃなくて、「ありがとう」でしょ。誰も怒ってなんかいないよ』

あの時の言葉の意味が、ようやく分かった気がした。

「……ありがとう」

伝えるべきは詫びる気持ちだったかもしれない。でも今、自分が伝えたいと思った言葉はこれだ。結良は心に従って感謝を述べたが、それが正解なのか分からず不安だった。

「良かったね」

汗一つかいていない陽樹が爽やかに微笑む。すると伝染するように周りも笑顔になる。

「吉田君の妹、最高じゃん」

「本当。いいなぁ、私もあんな妹が欲しい」

もう練習には参加できないかもしれないと覚悟していた結良は、うたを受け入れてくれたクラスメイトたちを見て確信した。「ありがとう」は正解だったのだ。穂乃梨が寂しそうに「違うよ」と言ってこないのが何よりの証拠だ。

黙っている相原は無表情なまま、結良から目を逸らした。きっと呆れているのだろう。全員が快《こころよ》く許してくれたなんて都合のいい解釈はしない。クラスのみんなにはリレーの結果で返そう。結良はそう静かに決意した。


「これから帰ります」と駿介にメッセージを送り、結良は下校した。

しばらく歩いたところで呼び止める声があった。振り返ると、相原が自転車を押しながら小走りで近づいてくる。

「ちょっと、話したいことがあるんだけど。今いい？」

「……あぁ」

頷く結良に、相原はどこか遠慮がちに切り出す。

「オレさ、三つ上の兄貴がいるんだよ。高校も同じ。野球部で、めっちゃ足が速い。体育祭は毎年リレーの選手だった」

「そうか。……兄さんがどうかしたのか？」

「まぁいいから、最後まで聞けって」

戸惑いながらも結良は頷く。

「だからオレもさ、リレー出たかったんだよね。けっこう本気で。夜に家の近所を走り込んで練習したりしてさ。だから五位の補欠に決まったとき、正直悔しくてたまらなかった」

「……そうか」

「吉田が練習に参加しないで帰ったとき、理由は知ってたし、しょうがないって分かってた。分かってはいたけどさ、ずっとモヤモヤしてたんだ。オレの方がやる気あるのに、帰るんなら選手代われよって」

練習初日の帰り際《ぎわ》、相原に睨まれた気がしたのは、やはり気のせいではなかったのだ。

結良は申し訳なく思った。

「さっきはあんなこと言って、ごめんな」

「え……」

てっきり選手交代の話になるものと思った結良は、予想外の謝罪に驚く。

「……代わってくれって話じゃないのか？」

「本当はそう言うつもりだったし、今もリレーに出たいって気持ちは変わらないけど……。うたちゃんに免じて許してやるよ。リレーの選手はお前だ、吉田！」

そう言って結良の腕を叩く相原は、屈託のない笑みを浮かべた。そのスッキリとした表情に、嘘偽《いつわ》りは混ざっていないように見える。

「……本当にいいのか」

「いいよ。でも、もし当日休んだら、オレが代わりに出てやるから安心しな。ぶっちゃけみんなの足が速すぎてビビってるから、ハッキリ言って勝てる自信はないけどな」

「そうか。怪我《けが》と体調管理には気をつける」

そうしてくれ、と相沢は泣きながら笑うという器用な顔芸を披露《ひろう》する。

「なぁ。吉田のこと、これからヨッシーって呼んでいい？」

「……よくない」

「ヨッスィー？」

「いや、言い方が気に入らないとかじゃなくて。……なぁ、どうしてそんなにリレーに出たいんだ？」

リレーへのやる気の高さを主張するわりには、兄も選手だったからという理由が弱い。他に事情があるんじゃないだろうかと結良は思った。

「そんなの決まってるだろ」

　愚問だと言わんばかりに相原は答える。

「モテたいからだよ」

「……そうか」

「人によるぞ」という言葉が喉《のど》まで出かかったが、飲み込んだ。まだ未練が残っているのが窺《うかが》える表情から、本気でそう思っているのが伝わってくる。

「じゃーな、ヨッシー」

　外国のアニメに出てきそうな、謎の派手なキャラクターのステッカーが貼られたヘルメットを被《かぶ》り、自転車に跨《またが》った相原は来た道を戻るようにして走っていく。

　どこかで見覚えのあるヘルメットだと思ったとき、迷子になったうたを心配して駆けつけた陽樹が乗っていた自転車が、相原のものだと気がついた。

　ほんの少しだけ硬い口角を緩《ゆる》ませた結良は、小さくなっていく背中を見送りながら思った。今後ヨッシーと呼ばれても、相原だけは許してもいい。

　懲《こ》りない駿介は卒業生の顔を最大限に活《い》かして、次の放課後練習時にも高校へやってきた。邪魔をしないようにと紡希に制され、駿介たちはグラウンドには入らずフェンス越しに声援を送る。

「いいなぁ。青春だなぁ！」

「ゆらぁ、がんばれーっ！」

「パパも、うたちゃんも、静かに見守るのよ。あっ。追いつかれちゃう。何やってるの、根性見せなさいよぉ！」

　すっかり人気者になったうたと紡希の応援でクラスの士気は格段に上がり、全員が練習や応援に参加するようになった。二年生を相手に走った結良たちが見事勝利すると、実行委員の陽樹はご満悦に微笑んだ。

「そのやる気、大型連休明けの本番まで維持しておいてね」

「おう」

　上がった息を整えながら汗を拭《ぬぐ》い、練習の成果に確かな手応えを感じた結良は頷いた。

　ゴールデンウィークに突入すると、うたは自宅マンションへ一旦戻っていった。

　身体にしっかり染《し》みついた習性で朝は早く目が覚めてしまう結良だが、せっかくの休みを満喫するため二度寝を決め込む。空腹を覚えて再び目を覚ますと、寝ぼけて二人分の朝食を作ってしまった。

前にもこんなことがあったなと思いながら朝食をペロッと完食し、片付けや洗濯、掃除を一通り終えたところで、部屋の隅に畳んで置いてある小さな布団に目がとまった。いつも一緒に寝ているクマのぬいぐるみは毎回持って帰っている。

「……あいつは今頃、何してんだろうな」

ふと独《ひと》り言《ご》ちる。普段我慢している分、パパに思いっきり甘えているだろううたの姿が目に浮かぶ。少しだけ表情を緩めた結良は、うたの布団と枕をベランダへ運ぶと活発な太陽の下に干した。

やはり一人になると落ち着くが、どこかうっすらともの寂しさを感じる。買い物に出ても手持無沙汰《てもちぶさた》だ。生活がスムーズ過ぎると却《かえ》って調子がくるう。

アパートへ戻った結良は、のんびりしようとコーヒーを淹《い》れた。

自分の領域にうたが侵食してきたように思っていたが、こうして離れてみると、うたは自分の日常に浸透しているのだと結良は思う。まるでコーヒーに入れたミルクみたいに溶け込んで、それがなくても困りはしないけれど、それがないと物足りない。

年も離れているし、性格だって白と黒とがハッキリと分かれているみたいに違う。でもこの部屋で二人で暮らすようになって、自分も少し変わってきたのかもしれない。カフェオレ色になったカップの中を見つめながらそんなことを考える。

悪い変化ではない、と思う。カフェオレを一口飲んだ結良は「美味いな」と呟いた。

つかの間の休息を主《おも》に寝て過ごして、結良は連休を終えた。


新緑も鮮やかな初夏らしい天候の中で迎えた体育祭当日。

果たして結果は、運動神経がいいミユと、目立ちたい相原が健闘したソフトバレーボールが三位。そして見事な連係でバトンを繋ぎ、結良が二人抜きで会場を沸かせたリレーは二位。

全力を尽くせたことに結良は満足していたが。

「あと少しで一年が優勝する、九年ぶりの快挙だったのにな」

「ダメだ。惜しかっただけに、どうしても自分を責めちゃう」

アンカーを務めた男子はあと少しのところで優勝を逃したことに悔しさを滲《にじ》ませていた。

ソフトバレーのキャプテンを務めたバレー部の女子も、僅《わず》かな点差で準優勝を逃した悔しさを隠せずにいる。

「充分頑張ったって。三年にだって勝ったし、俺らすごいじゃん」

「そうだよ。リレーもバレーも、成績はこのクラスが学年一位なんだし、みんなめっちゃ頑張ったよね」

健闘を称《たた》え合いながらも微《かす》かに沈んだ空気が漂う教室に、爽やかな風のような声が響いた。

「みんな、打ち上げをやろう！」

実行委員の仕事から戻ってきた陽樹に、クラス中の視線が集まる。

「久保《くぼ》っち。打ち上げって、どこでやんの？」

相原が声を弾《はず》ませた。

「ここで。先生の許可も出たよ」

「教室で？　いいじゃん、やろうぜ！」

萎《しぼ》んでいた花が再び開くようにクラスは盛り上がり始めた。

机や椅子などを片付けて会場を準備をするチームと、駅横のバーガーショップへ買い出しに行くチームに分かれる話し合いが始まるなか、結良は帰り支度をする。それを見た相原が口を尖《とが》らせた。

「何だよヨッシー。帰るのか？」

「あぁ。お疲れ」

「結良、待って」

役目は終えたと言わんばかりに帰ろうとする結良を見て、陽樹が慌てて呼びかける。足を止めた結良にホッとした様子で続けた。

「準優勝の一番の貢献者が、打ち上げに来ないなんて困るよ」

「俺はそんな大したことしてねぇよ」

「うたちゃんを迎えに行くんでしょ？　一緒に連れておいでよ。それも含めて許可をもらってるんだよね」

「……また、そんな勝手を——」

体育祭の打ち上げに、うたを連れてまで参加する必要はない。結良が断ろうとするよりも早く、クラス中が反応する。

「またうたちゃんに会えるの？　嬉しい」

「私、うたちゃんと遊びたい」

「楽しい打ち上げになりそうだな」

すっかりうたの歓迎ムードに断れなくなった結良は結局、子ども園へ迎えに行ったうたを連れて、再び高校へ戻ってきた。

「うわぁ。パーチーだぁ！」

教室に入るなり、うたは大喜びで駆け回る。

中央には、同じ高さの机を寄せ集めて出来た広いテーブル。そこにはハンバーガーとポテト、オニオンリングやドリンクが並んでいる。ドリンクカップにはご丁寧《ていねい》に名前が書かれていて、うたは自分の名前が書いてあるオレンジジュースのカップを手渡されると、キャーと小さな悲鳴を上げてぐびぐびと飲んだ。

「うたちゃんも、たくさん食べてね」

赤ちゃんの顔ほどあるベイビーバーガーを、穂乃梨がうたのために調理室で食べやすい大きさにカットして用意していた。

「うん！　ハンバーガー大好き！」

目を輝かせたうたは「いただきます」をした両手で、宝物のようにハンバーガーを受け取った。

「おい、あんまり食うと夕飯食えなくなるぞ」

ソースで汚れたうたの口を結良がさりげなく拭う。その後ろでユイとミユがにんまりと顔を見合わせる。

「吉田君、本当に優しいお兄ちゃんしてるんだね」

「これはギャップ萌《も》えでモテそうだね」

「妹がいるとモテるのか。おいヨッシー。うたちゃんをオレにくれ」

モテたい下心丸出しの相原だが、一連の話を聞いていなかった結良は「は？」と眉根を寄せた。うたも意味が分からず首を傾げている。

「どーゆーこと？」

「うたちゃん。このお兄ちゃんが結婚してほしいんだって。お嫁さんにくださいって」

爽やかな微笑をたたえた陽樹が横から口を出す。怪訝《けげん》な顔の結良に睨まれ（実際は凝視《ぎょうし》していただけだったが）、相原は震えるように首を横に振った。

「えー。やだよぉ。うたは、ゆらとケッコンするんだもん」

「振られたーっ！　違うのにショック！」

膝《ひざ》から崩れ落ちた相原にクラスのみんなが笑いこける。結良の「しねぇよ」という呟きは爆笑にかき消された。

「これあげるから、元気出してね」

そう言ってうたは相原の首に何かをかける。

「これって、メダル？」

それは黄色の画用紙を丸く切り取って作られたメダルだった。

青いビニール紐のリボンはセロハンテープでしっかりと留められていて、シールで装飾されたメダルの中央にはクレヨンで「きん」と書かれている。

「うん。頑張ったみんなに、メダルあげます！」

得意げなうたが、肩掛けしている通園バッグを開けた。中には画用紙のメダルがいっぱいに詰め込まれている。

「すごい、うたちゃん。クラス全員分作ってきてくれたの？」

「あのね、つむちゃんと、ヒマワリ組のみんなと、それからね、サクラ組のお友達も。みんな手伝ってくれたんだぁ」

「お友達がいっぱいいるんだね」

ししし、と笑ううたが通園バッグを掲げる。

「はーい。メダル配りまーす。一列に並んでくださぁい！」

子ども園の先生を真似するような口ぶりで号令をかけるうたの前に、あっという間にクラスメイトたちが列を成す。うたの側《そば》にいた結良は必然的に最前列になっていた。

「はい、どぉぞ。頑張りましたっ！」

受け取ろうと手を出したが、うたがメダルを首にかけたがるので、結良はその場でしゃがみ込んで頭を下げた。

「……ありがとう」

クラスのみんなも次々としゃがんでは頭を下げて、うたからメダルを授与される。

「おー、すげぇ。きんメダルだ！」

「ハートのシールが付いてる。可愛い！」

「校長の川柳より全然こっちの方がいいし！」

きんメダルを手にして、まるで優勝したかのようにはしゃぐクラスメイトたち。それを見て結良の顔が少しだけ、自然に綻《ほころ》んだ。幼稚に喜ぶ彼らの姿は滑稽《こっけい》だが、それが可笑《おか》しかったわけじゃない。

「ゆらぁ」

「何だよ」

「今笑った？」

「笑ってない」

「みんな、嬉しそうだね。ゆらも、嬉しい？」

そう言ううたが一番嬉しそうだと思いながら、結良は「そうだな」と頷いた。

「ゆらのメダルはね、うたが作ったんだよ」

「そうか。そうだろうなとは思った」

「えー？　なんで分かった？」

不思議そうなうたに、結良は首に下げた自分のメダルを指差した。

「俺のだけ、きんメダルじゃねぇから」

結良のメダルのクレヨン文字は「きん」ではなくて「ちん」になっている。間違いに気付いたうたは恥ずかしそうに笑うも「上手に書けたでしょ」と自画自賛する。

集合写真を撮ろうと陽樹が呼びかけ、教壇にスマホをセットすると、全員メダルを下げたまま中央に集まった。背の高い結良は誰に言われなくとも一番後ろの端に移動する。うたは穂乃梨と陽樹に連れられてセンターに立つと、堂々と仁王立ちでポーズをとった。

結良の前で中腰になった相原が、位置を確かめるように後ろを振り返る。

「……ん？　なぁ。ヨッシーのメダル、何でちんメダル？」

相原の疑問に、一人だけ違う結良のメダルにみんなが気付き、爆笑が起こったところでシャッター音が鳴った。


上機嫌なうたの手を引いて結良は帰路に着いた。

結局うたはハンバーガーもポテトも、みんなからもらったお菓子まで食べてしまいお腹がいっぱいだと言う。それでも夕飯を食べる気でいるうたに呆れながら、自身も食べ足りない結良は冷蔵庫の中身を頭に思い浮かべ、茂《しげる》が昨夜持ってきたレタスでチャーハンを作ろうと決めた。

野菜はあまり好きではないうただが、レタスだけはまるで草食動物に取り憑《つ》かれたように、無限に食べることができるほど好物だ。

「レタスチャーハン、食うか？」

「やったー！　レタスぅ！」

　サラダだけでもいいんじゃないだろうかと思ったときだった。自宅アパートの方向から誰かがこちらに向かって歩いてくるのが見えた。デニムパンツにスニーカーという珍しくカジュアルな格好でいるから、接近するまでそれが咲羽子だとは分からなかった。

「さわおねぇさんだぁ！」

「うたちゃん。お帰りなさい」

　見えない尻尾を振りながら駆け寄り抱きついたうたは、すっかり咲羽子に懐いている。

「どこ行くの？」

「これからバイトなの。お仕事に行くんだよ。キミたちは今帰り？」

　夜の気配が混じりだした日暮れに、咲羽子の円《まろ》やかな声はよく馴染《なじ》む。そんな事を思いながら結良は「はい」と返事をした。その横でうたは通園バッグをいそいそと開けている。

「はい。これ。さわおねぇさんのメダル」

　通園バッグから取り出したのはきんメダルと同じ仕様のメダルだ。クレヨンの「きん」の文字の代わりに「さわ」と書かれた、さわメダル。

「これ、私にくれるの？」

「うん！　いつも助けてくれるから、ありがとうのメダル。嬉しい？」

「嬉しい。どうもありがとう」

メダルを受け取った咲羽子は自《みず》ら首にかけてみせる。

「ゆらにもね、あげたんだよ。運動会だったんだよ」

「高校の体育祭です。優勝はできませんでしたけど、うたがクラスのみんなにきんメダルを配ったんです」

咲羽子にも見せたいとうたにせがまれた結良は渋々スマホを出し、陽樹から送られてきた集合写真を画面に映し出す。

「本当だ。みんなメダル付けてる。楽しそう」

スマホを覗き込んだ咲羽子の言葉に、結良はハッとした。

この写真を撮る前、はしゃぐクラスメイトたちを見て自然と口元が緩んだ。あれは、そういうことだったのかと結良は気付いた。俺は楽しかったんだ。今日という一日が、楽しかった。それはどこか遠くに置いたまま、ずっと長いこと忘れていた感覚だった。

「うたちゃん、可愛く撮れてる。キミも、笑うと可愛いね」

スマホに映る結良の顔は笑顔と言うには硬いが、ほんのり笑って見える。咲羽子は二人に短く手を振ると、急いでいるのか小走りに去っていった。

「ゆらぁ」

「何だよ」

「顔赤いよ？　お熱出た？」

「……夕日のせいだろ。ほら帰るぞ」

可愛い。その言葉の意味はよく分からない。でも咲羽子が言ったそれは揶揄《からか》うものではなく純粋で他意のない褒め言葉だと感じた結良は、嬉しさよりも恥ずかしさで燃えるような顔を背《そむ》けた。

早めの風呂と遅めの夕飯を済ませ、眠る支度を整えたうたは絵本を読む代わりに、体育祭の打ち上げの写真を見せてとせがんだ。

早くうたを寝かせて自分もゆっくり風呂に入りたい結良だが、言いだしたら聞かないうたに仕方なくスマホを取り出し、陽樹から送られてきた写真の数々を一緒に眺めた。

ハンバーガーを頬張る結良の肩を抱いた陽樹、その横で穂乃梨がポーズを決めている。泉や相原、補欠も含めた全リレーチームがうたを囲んで笑っている。

クラスメイトたちと一緒に映っている自分。入学前には想像もできなかった光景。みんなと過ごした時間を楽しいと思えた驚き。うたが来てから目まぐるしく変わった日常。うたがいなかったら、きっと関わらなかった人たち。

人は人間関係の中でしか意味や価値を見いだせない。いつか咲羽子が言っていた言葉をふと思い出した結良は、この短期間でたくさんの人と関わった今の自分を否定せず、むしろ前向きな気持ちで受け入れている自分に気がついた。

うたが来て、良かった。

絵本をめくるみたいに夢中で写真を見る横顔に、結良は初めてそう思った。

「ハルキくんはかっこいいね。ホノリちゃんは優しいよ。それからね、ユイちゃんと、ミユちゃんは、お菓子をいっぱーいくれたんだぁ。あとね——」

「……待て、うた」

写真を見ていくうちに結良はあることに気がついた。

「名前、覚えてるのか？」

写真に写っているクラスメイトたちの名前を、うたはまるで自分の友達のように次々と口にしている。クラス全員の名前をまだ覚えていない結良にはそれが合っているのか分からなかったが、少なくとも知っている名前は全て言い当てている。

「うん。覚えてるよ。だってみんなお友達だもん」

そう言ってうたは集合写真の端から順に、クラスメイトの名前を指差しながら答えていく。自分と結良を除く二十三人全員の名前を、うたはすらすらと言ってのけた。

「子ども園のお友達の名前も、先生の名前も、うたみんな言えるよ」

「そうか。すごいな……」

うたは最初こそ人見知りを発揮するも、すぐにクラスのみんなと打ち解けた。しかし四歳児がこの短期間で全員の顔と名前を本当に覚えられるものなのか。

疑問を抱く結良だったが、このときはあまり深くは考えず、うたを見習い、せめて自分のクラスメイトの名前くらいは覚えようと思った。


翌日の土曜日。五月とは思えない暑さの正午前。

考え事をしながら帰宅していた結良は、買い物帰りだという咲羽子と出くわした。

「ぼーっとして歩いているから、暑さにやられているのかと思ったよ」

下から咲羽子に顔を覗かれ、結良は短く首を横に振った。黒い服は太陽光を吸収するから暑いと聞くが、上下黒のセットアップを着ている咲羽子は汗一つかかず涼しげな顔をしている。細くなだらかな肩や、すらりとした細い脚。目のやり場に困るほど肌の露出が多いから、案外涼しいのかもしれない。

「重そうですね。持ちましょうか」

「ありがとう。助かるよ」

手ぶらだった結良は咲羽子の細い手からスーパーの袋を受け取った。牛乳パックやアルコールドリンクの缶が透けて見えるそれはずしりと重い。

アパートへ向かい二人並んで歩く。結良が車道側を歩くのは、いつもうたと歩くときにそうしている癖《くせ》だ。

「キミは制服を着ていないと、やっぱり高校生には見えないね」

ファッションには無頓着《むとんちゃく》でも、服装には最低限の気を遣《つか》っているつもりでいる結良は、白いシャツにグレーのズボンの出《い》で立ちでいる自分を確認するように見た。

「……褒めてますか？」

「もちろん。褒めているよ」

どう反応していいのか分からない結良は「どうも」とだけ返したが、もし客観的に二人が同年代に見えるのなら、嫌な気はしない。

「今日は一人なんだね。うたちゃんは？」

「うたは父親と、動物園に行ってます」

家族だけに許されている午前中の病院面会。結良は、うたと茂と三人で母親の見舞いに行ってきた帰りだった。うたと茂は車で市外にある動物園へ出かけていった。

「そう。土産話《みやげ》が楽しみだね。ところで、何かあった？」

「……え？」

「考え事をしてました。って、顔に書いてあるよ」

うっかり見惚《みと》れてしまいそうになる咲羽子の瞳は時々、何もかも見透かしているような光を含んでいる。

「……何かあった、というわけでもないんですけど」

目を逸らした結良は観念したように話しだす。

「うたは……天才なんじゃないかって」

「親バカならぬ、兄バカかな？」

「いや、本当なんです。あいつ、俺の高校に何回か出入りした短い間に、俺のクラスメイト二十三人全員の顔と名前を覚えたんです。それに——」

うたと母親の病室を訪ねた結良は、着いて早々母親に頼まれ売店へ行くことになった。大きな院内の通路は複雑で大人でも迷ってしまうのだが「うた行ったことあるから分かるよ」とうたが言った。迷子になったくせに、と半信半疑でついていくと、無事に目的地まで辿《たど》り着くことができた。

「自分の足で歩いた道なら一度で覚えられるって言うんです。現に今日は、俺でも迷う病院の中を、まるで自分の庭のように歩いて。それから――」

母親に会うと嬉しさを隠しきれないうたはいつも以上におしゃべりになり、同室の患者や看護師、巡回中の医者までも巻き込んでしまう始末。話を聞くでもなく聞いていた結良は、うたがその全員を名前で呼んでいるのに気付いた。結良は担当医の名前くらいしか認識していないというのに。

「人の顔や名前も、一度会えば忘れないらしいんです」

周囲の人々にあまり関心を持たない結良は、人の顔や名前を覚えることが苦手だ。

自分とは全く真逆のうただからこそでき得《う》ることなのだろうと一度は納得したが、さすがにこの記憶力は、四歳児にしては尋常《じんじょう》ではない気がしてきた。

「そう。それが本当なら優れた記憶力だね」

「それでいて、家の洗面台とトイレの場所は毎回間違えるんですけど」

「面白いね。間違えたことも手順の一つとして記憶していて、その通りに行動してしまうのかな」

興味深いね。そう言って咲羽子は続ける。

「私の友達にも一種の天才はいるよ。音の高さを瞬時に認識する絶対音感がある人。天気予報士よりも天気を直感で当てる人。一口食べただけでどこの産地の米か言い当ててしまう人とか。猫と話せる人もいるよ。その能力を使って迷い猫を探すのが得意なんだ」

「最後、急にファンタジーになりましたけど」

思わず突っ込む結良に咲羽子は笑うものの、冗談だとは言わない。

以前、咲羽子は友達がたくさんいると言っていた。失礼にも意外だなと結良は思ってしまったが、その友達の妙な顔ぶれにもまた驚かされる。

「人並み外れた能力を持っている人は、普通とは違うことで周りの理解が得られずに苦労することもある。例えば、本当のことを言っているのに信じてもらえない、とかね。それでも素晴らしい才能であることに間違いはない」

本当なのに、信じてもらえない。

その言葉にハッとした結良は、うたが初めてアパートへ来た時のことを思い出した。

『久しぶりに会えたね』

うたは二年ぶりに会った結良のことを覚えていると言った。今思えば、あれは本当だったのかもしれない。しかしあの時の結良は、戯《ざ》れ言《ごと》だろうと信じず相手にしなかった。

アパートに帰った後も頭から咲羽子の言葉が離れず、うたのことを考えていた結良のもとに、動物園にいるうたから電話がかかってきた。

『ゆらぁ』

「何だよ」

『動物園にいるよぉ。今からご飯食べるんだ。ゆらは何食べるの？』

「その興味を動物に向けろよ」

普通とは違う。だから理解されない。だから信じてもらえない。自分も、当たり前のように疑った。子どもの言うことだからと相手にしなかった。

これまでうたは、そんな周囲の反応に困惑したり、悲しい思いをしたのかもしれない。でもこれからは、自分だけはうたの言うことを信じよう。見たい動物の名前をあげていくうたの楽しそうな声を聞きながら、結良はそう思った。

『ゾウさんはね、りんごを四キロ食べるんだって。うたは十キロ食べられるよ』

「嘘つけ」

信じよう。明らかな嘘以外は。

『今日はね、ピザ食べるんだ。十キロ注文したんだよ。あ。ピザが来た。ゆら、またねぇ』

売店で注文した食事が来たらしい。電話はそこでプツリと切れた。

間もなく茂から、十等分に切れ目が入ったピザを前に、とびきりの笑みを浮かべているうたの写真がスマホに送られてきた。

「十キロじゃなくて、十切れな」

写真に向かって呟く。その顔は自然と笑っていた。

子どもって面白いな。振り回されるこっちは大変だけど。

子育てをしているつもりはない。経済的に自立していない自分もまた、まだ親の世話になっている子どもなのだと結良は自覚している。それでもうたの世話をして子育ての大変さの片鱗《へんりん》に触れるたびに、母親の顔がチラリと脳裏に浮かぶ。

自分は手の焼ける子どもではないと思っている。優秀でもなかったけれど、大して怒られた記憶もない。でもきっと自分の知らない所で心配をかけてきたはずだ。転校先でなかなか馴染めず、友達を作ろうとしない自分に母親は何も言わなかったけれど、きっと内心では気がかりだっただろうし、開き直ったように孤独を深めていく息子に気を揉《も》んでいただろう。子どもを見守る側になった今、結良はそんなことを考えるようになった。

昼食を済ませ、昼寝でもしようとクッションを枕に寝転がった。

一緒には暮らさない。一人暮らしを決めた息子に、きっと母親は寂しく思っただろう。他人も同然の父親と妹を避けたくて、進学を理由にしたこともバレているかもしれない。どんな気持ちで息子の一人暮らしを許したのだろうと、結良は初めて母親の気持ちを考えた。

考えている人から電話が来る。今日はそんな日だなと、母親からの着信を知らせるスマホを手にして結良は苦笑いを浮かべた。

『言い忘れてたことがあって。暑くなってきたし、そろそろ夏服が必要でしょ？』

「……そうだな」

今朝見舞いに行ったばかりだというのに、母親の声があまりにも呑気《のんき》で日常的だから、入院中であることを一瞬忘れてしまいそうになる。

「そういえばうたの子ども園から、夏服の準備をしてくれって言われてたんだった」

『マンションにある結良とうたちゃんの夏服、茂さんが持っていくからね』

「分かった。それじゃ」

『ちょっと待って。結良、何か困ってることはない？』

結良は痒くもない頭をかいて「ない」と短く答えた。

「こっちは大丈夫だから。……元気な子どもを産んでくれよな」

感謝はしても、それを改めて言葉にして伝えるのはどうにも恥ずかしい結良は、かわりにそう伝えた。

俺とうたの、妹か弟になる子どもを、元気に産んでほしい。それは本心から出た言葉で、母親の再婚に反対も賛成もしなかった結良の、初めて贈る祝福の言葉だった。

ありがとう。そう言って笑う母親は、電話の向こうで洟《はな》をすすっていた。

4 「ママ、天国から見てるの？」

動物園から帰ってきたうたは父親の背中でぐっすり眠っていたが、茂《しげる》が接待で使うという中華料理店で買ってきた夕食を机に並べたとたん、元気フル充電で起き上がってきた。

「ゆらぁ」

「何だよ」

「うたが一番好きな動物は、なんでしょーかっ！」

「知らねぇよ」

「まねっこするから、当ててね」

突然始まったクイズで、うたはジタバタと手足を動かしてみせる。

「暴れてるうた」

それにしか見えない。

「ぶーっ！　動物だよ。見てて。こーゆーの！」

ジタバタしながら尻をかいたのも真似なのか。それともただ痒《かゆ》かっただけなのか。

「あ。思い出したぞ。キリンだろ」

「ちがいまーす」

「キリンが一番好きだって、今朝言ってたよな」

「言ってませーん」

「……ライオン？」

物真似は無視して、子どもが好きそうな動物を言ってみる。うたは不満そうに頬を膨《ふく》らませる。

「せいかいはぁ、オランパンジーでしたっ」

「そんな動物は知らん」

うたの「一番好き」はその日によってコロコロ変わるのだが、今日は動物園で観《み》たチンパンジーとオランウータンがお気に入りだったと茂が解説する。

うたは「これ一番好き！」と言いながら春巻きを頬張った。前にコロッケを食べたときも同じことを言っていた。

エビチリと麻婆豆腐《マーボーどうふ》に舌鼓《したつづみ》を打つ結良《ゆら》は、向かいで同じように大口を開けて食べている茂をチラリと見た。茂が買ってくる飯がどれも美味《うま》いのは、実は自分と茂の食の好みが合っているからかもしれない。

「パパ。ネコの、持ってきた？」

ベッドの脇に置かれた衣装ケースをうたが指差す。茂が自宅マンションからアパートへ運び入れた、うたと結良の夏服が入っている。

「入っているよ。パジャマもTシャツも、夏服は全部持ってきたからね」

「やったぁ！　うた、ネコの一番好きぃ」

お気に入りの夏服があるのだろう。まだ口をもぐもぐさせているが、待ちきれないと言わんばかりに立ち上がって衣装ケースに駆け寄る。汚すなよ、と釘を刺してから結良がケースの蓋《ふた》を開けてやると、嬉々《きき》として手を突っ込んだうたが一枚のTシャツを取り出した。前面にネコのイラストが大きくプリントされている。

「明日はこれ着て、ゆらと公園行くの！」

日曜日である明日は茂が休日出勤のため、結良がうたの面倒を見る約束になっている。街にある広い公園まで行ってみようかと、結良はうたと話していた。遊具がたくさんある公園ならうたも思いきり遊べるし、運動がてら一緒に遊んでやろうと考えていた。

目的の公園の近くに安くて美味いランチが食べられる店はないか、茂に尋《たず》ねようとしたときだった。

「ゆらぁ」

「何だよ……ぶっ」

呼ばれて目を向けた結良は、うたを見た瞬間に噴き出した。

お気に入りのTシャツを着て、モデルを気取ったようなポーズをしているが。腹は出ているし、ネコも横に伸びている。どう見てもサイズが合っていない。

「ちょっときつい……。ネコの、小さくなった」

「服が小さくなったんじゃなくて、お前が大きくなったんだよ」

「うたが大きくなったの？　やったぁ！」

「だからもうその服はダメだな。諦《あきら》めろ」

「ネコの、もう着れないの？　やだぁ！」

喜んだり泣いたり忙しい娘を、茂は嬉しそうに眺めている。

「去年の服がもう着られないなんて。すごいな、うた」

きつくて自力では脱げなくなったTシャツを、結良が上から引っ張って脱がせた。

渋々さっきまで着ていた服にもう一度着替えたうたは、名残《なごり》惜しそうにネコTシャツを握りしめているが、父親に褒《ほ》められたのが嬉しいのだろう、涙は引っ込んでいる。

「そうなると、持ってきた夏服はきっと、どれも小さくなっているな……」

衣装ケースを覗《のぞ》き込んだ茂が、何とか着られそうなものはないかと物色する。

「……だったら明日、俺がうたと買いに行きますよ」

「え。……本当に？」

驚くような茂の反応に、結良の方が驚いてしまう。

「……何か問題が？」

「いや、すまない。結良君の方からそう言ってくれるなんて。……そうしてくれるなら、ありがたいよ。よろしく頼む」

「はい」

餃子《ギョウザ》を口に放り込みながら結良は頷《うなず》いた。結良と買い物に行けると知り、すっかり機嫌を直したうたは手足をジタバタさせて大喜びだ。またオランパンジーの物真似だろうか。

結良君の方からそう言ってくれるなんて。確かに、うたを引き受けて後悔していた少し前の自分なら、そんな面倒なことを自《みずか》ら提案したりはしなかっただろう。茂が驚くのも無理はない。

ただ、必要なものがないとうたが困るし、そうなれば必然的に自分も困る。妥当《だとう》な判断だと結良は思うのだが。茂から嬉しいような誇らしいような、そんな眼差《まなざ》しが向けられているのに気付くと、何故《なぜ》か急に恥ずかしくなる。

「……これ、美味いです」

噛むたびに口に広がる肉汁と野菜のうま味を堪能《たんのう》しつつ、結良は頭をかきながら目を逸《そ》らした。


日曜日の朝。目覚めた瞬間から遠足に行くかのようなテンションでいるうたを連れて、電車とバスを乗り継ぎ大型ショッピングモールへとやってきた。

「迷子になるなよ、うた」

「大丈夫。ここ、パパと来たことあるもん！」

私についてこい、と言わんばかりに得意げになってうたが答える。

あれからうたが「勝手にどこかへ行かない」という約束をちゃんと守っているからこそ連れてこられる。うたの普段着から、下着やパジャマまで揃《そろ》えなくてはいけないのだ。アパートから移動だけで小一時間かかってしまうが、近場の店を何件か回るよりは、複数の店舗が集まる商業施設で一度に買い物を済ませる方が楽だろうと考えた。

「お店がたくさんあるから、きっとうたちゃんのお気に入りが見つかるよ」

陽樹《はるき》の天性の笑みに、うたは「楽しみぃ！」と満面の笑みで返す。

昨夜、陽樹から「明日遊ぼう」と電話があった。うたは自宅へ戻り、結良は一人でいる、つまり暇《ひま》でいると思っていたらしい。事情を話すと「一緒に行く」と言いだした。断る理由もなく、こうして三人で来ている。

「うわぁ。あれがいい！」

「玩具《おもちゃ》を買いに来てんじゃねぇんだよ。服を見ろよ、服を」

「ひゃぁ。あれにする！」

「服を見ろとは言ったけど。ドレスなんて着てどこ行く気だ？」

子ども服の店舗が並ぶ三階フロアに到着して早々、うたは各店舗の誘惑に次々と引っかかっていく。

「ゆらぁ」

「何だよ」

「あそこで遊びたい！」

ドレス売り場から引っ張り出したうたが、通路の広い空間にある遊具を指差す。滑り台が付いたツリーハウスのような大型遊具で、数人の小さな子どもたちが遊んでいる。

「あっ。ホノリちゃんがいるよ」

「え。北川《きたがわ》さんが？」

「ほら、滑り台のところ」

言われて結良が目をやると、水色のワンピースを着た女の子の後ろ姿が、滑り台で遊んでいる男の子を見つめている。穂乃梨《ほのり》に似ているような、そうでないような。結良が確かめようと近づく前に、陽樹が「本当だ」と驚きの声を上げた。

「おーい、穂乃梨ちゃん」

陽樹が後ろ姿に声をかけると、振り返ったワンピースの女の子は確かに穂乃梨だった。

「わぁ。びっくりした」

結良たちに気付いて驚く穂乃梨は、いつも左右に分けて縛っている髪を下ろしている。

「……こんにちは、北川さん」

「すごい偶然だね」

「本当。ここは子連れに特に人気のモールだから、さっきも弟の同級生家族に会ったんだけど。まさか久保《くぼ》君と吉田《よしだ》君とうたちゃんにも会えるなんて。みんなもお買い物？」

髪型が変わるだけで普段と雰囲気が違うように見えるが、喋《しゃべ》ればいつもの穂乃梨だと、結良は少し安心する。

「うたの服を買いに来たんだよ。服が小さくなって、うたが大きくなったんだぁ」

結良が答える前に、うたが得意げになって話す。

「去年の夏服がサイズアウトして、新しいのを買いに来たんだね」

子ども事情を瞬時に理解する穂乃梨に、さすがだなと感心する結良の横で、陽樹が「そうだ」と思いついたように言った。

「穂乃梨ちゃん、もし良かったら一緒にうたちゃんの服見に行かない？　僕たちじゃ女の子の服ってよく分からないしさ」

「おい、陽樹――」

さすがにそれは迷惑だろう。結良が陽樹を止める前に、穂乃梨が「え、いいの？」と嬉しそうに食いついてくる。

「女の子の服って可愛いのがたくさんあって、見てるだけでも楽しいんだよね。うたちゃん、私たちも一緒に行っていいかな？」

「うん。いいよ！」

「……北川さん、本当にいいのか？」

「もちろんだよ。むしろこっちからお願いしたいくらい。わぁ嬉しいなぁ。あっ。この子が、弟の朔太郎《さくたろう》です」

穂乃梨が男の子をずいっと前へ押し出す。

「うたちゃんの、一つ年上のお兄ちゃんだよ。よろしくね」

「…………」

とたんに人見知りを発動したうたは黙り込んでしまい、朔太郎もムスッとした表情で何も言わない。気まずい空気が流れだしたときだった。

朔太郎がおもむろに玩具の銃を取り出し、うたに銃口を向けて撃った。振りをした。

「こら、サク。いきなり人を撃っちゃダメでしょ。ごめんね、うたちゃん。びっくりしちゃったね」

キョトンとしているうたに穂乃梨が慌《あわ》てて謝る。するとうたは「ううん」と首を横に振った。

「大丈夫だよ。だってうた、プリキラだもん。バリアで守ったから平気！」

うたはいつの間にか魔法少女に変身して、攻撃を回避していた。という設定にした。その顔には不敵な笑みが浮かんでいる。

「やるな、お前」

「うただよ。サクタロー」

「よし、うた。一緒に行ってやるぜ。もしテキがあらわれても、ヒーローのおれが守ってやるからまかせろ」

「まかせるぅ！」

突然容赦なく人を撃つヒーローと、恐らく無敵であろう魔法少女は、あっという間に仲良くなった。

「ここのお店はどうかな。うたちゃんに合いそう」

穂乃梨の勧《すす》めで向かった先は、どうやらうたの好みに合っている店舗のようで、どこを見ても目を輝かせて「かわいい」と喜んでいる。

「これからはきっと汗をかいたり、プールに入ったりで着替えるシーンが多いから、自分で脱ぎ着しやすい服がいいと思うよ。フードが付いてるトップスとか、フリフリのスカートは遊具に引っかかったりして危険だったりするよ」

「そうなのか。ありがとう北川さん。助かる」

服なんて着られたら何でもいいと思って、そこまで考えていなかった結良は感心する。

「ほらね。穂乃梨ちゃんが一緒に来てくれて良かったでしょ。誘った僕ってえらいよね」

恩着せがましいどや顔まで爽《さわ》やかな陽樹にはあまり感心しないが、結良は内心感謝していた。

「そうだな。えらい。えらい」

結良が陽樹の頭を撫でる。しまった、と思ったときにはもう遅かった。うたにしているいつもの癖《くせ》が、つい出てしまった。

陽樹は一瞬驚いて固まったが、ばつが悪そうに手を引っ込める結良を見て噴き出した。

「あーっ！　ハルキくんズルいぃ」

羨《うらや》ましがるうたに陽樹は「いいでしょ」と照れたように笑う。

「うたも、うたも。よしよし、してほしい！」

「……買い物が終わったらな」

分かった、と素直に頷いたうたがレジにいる店員に駆け寄る。

「すぃませーん。ここの服、ぜーんぶ、くっださーい！」

「おい、うたっ」

クスクス笑っている店員が、冗談の通じる人で良かった。結良は首を横に振りながらため息をついた。

「ダメなの？　ぜんぶかわいいのに」

本気で言っていたのか。顔には出さずに驚く。

「……つむちゃんも言っているだろ。物価高だからな」

ブッカダカ、と呟《つぶや》いたうたは納得したように頷くと、自分に合う服を真剣に選びだした。

コーディネートのアドバイスまでしてくれる穂乃梨のお陰で、うたのお気に入りが次々と決まり、スムーズに買い物ができた。朔太郎の御用達《ごようたし》だという、キャラクター物を扱う店舗へ行けば、うたの好きな魔法少女の商品も豊富で、パジャマや下着も無事に買い揃えることができた。

買っているのはどれも子ども用の小さな服ばかりなのに、荷物も金額もどんどん膨れていった。茂から預かった大金があっという間に消えてしまったが、目的のものはちゃんと買うことができたし、朔太郎と楽しそうにしているうたが機嫌を損《そこ》ねることもない。あとは帰るだけだと結良はホッとした。

「穂乃梨ちゃんたちは、行きたいところとかある？」

キッズスペースのあるフードコートで昼食を済ませると、陽樹が今度は穂乃梨の用事に付き合おうと言いだした。うたもすっかり朔太郎と仲良くなり、帰りも一緒にという話になった。

「私たち、母の日のプレゼントを買いに来たんだ」

言われて気付いた。今日は母の日だ。

「ハハノヒって、なぁに？」

うたの疑問に朔太郎が反応する。

「知らないのか？　お母さんにカンシャを伝える日だぞ」

「プレゼントなら、お誕生日にあげるよ？」

去年の母親の誕生日に、茂と一緒にプレゼントを渡したとうたは話す。

「それとはまた別なんだよ。母の日は、おめでとうじゃなくて、ありがとうを言う日なんだ」

今はそれぞれの家庭の事情に配慮して、父の日や母の日などの行事を行わない園も多いから、知らない子がいてもおかしくないんだよと穂乃梨が言うと、うたも朔太郎も「そうなんだ」と納得した。「そうなのか」「へぇ」と、結良と陽樹も顔を見合わせる。

「うたちゃんたちと会う前に、いろんなお店を見て回ってたの。で、まだ何を買うかは迷ってるんだけど、店はもう決めてあるんだ」

「それじゃ、その店にみんなで行こう。うたちゃん、朔太郎くん、トイレは大丈夫かな」

トイレの前を通りかかったタイミングで陽樹が子どもたちに尋《たず》ねる。昼食時にジュースをがぶ飲みしていたうたと朔太郎は案《あん》の定《じょう》「行く！」と言いだし、穂乃梨が二人を子どもトイレへ連れていった。

行き交う人々の邪魔にならないよう通路の端に寄り、うたたちが戻ってくるのを待つ。

「あのぉ。良かったら、私たちと一緒に遊びませんかぁ？」

そこへ、二人組の女の子が声をかけてきた。全く知らない顔だった。

メイクをしているが咲羽子《さわこ》のような大人びた雰囲気はなく、自分たちと同じ高校生だろうと結良は思った。そして、この二人組の目的は陽樹だと、その瞳に陽樹しか映していないのを見て察した。

「僕たち、連れを待っているんだ」

相手が誰であろうと天性の笑みを振りまく陽樹は、やんわりと誘いを断る。結良は初めての出来事に、顔には出さないが内心戸惑《とまど》っていた。

「連れって、友達ですか？　ならその友達も一緒に、カラオケとか行きません？」

「それは無理かな」

二人組は媚《こ》びを含んだ声音で「それなら連絡先を教えて」「今度遊ぼうよ」と食い下がり、さすがの陽樹も顔に困惑《こんわく》が浮かびだした。

「……しつこいな」

思わず心の声が口から出てしまった。ハッとした結良が恐る恐る女の子たちを見下ろす。睨《にら》んでいるつもりはなかったが、彼女たちは顔を引きつらせると「す、すみません」と逃げるように去っていった。

「……これで、良かったか？」

「ありがとう、結良」

もしかしたら余計なことをしたのかもしれないと思ったが、陽樹の安堵《あんど》した表情を見て杞憂《きゆう》だったと結良もホッとする。

「陽樹はモテるのに、彼女とかいないんだろうか」

突然、陽樹が芝居がかった喋《しゃべ》りで言った。低くした声は結良に寄せているようだ。

「……何言ってんだ？」

「て。思ってたでしょ？」

実は図星だった結良は何も言い返せない。

「女の子に興味がないって言ったら嘘になるけど。今はまだ彼女とかいらないんだよね。無駄にモテちゃって嫌になるよ」

「相沢《あいざわ》が聞いたら怒りくるうだろうな」

ふふ、と陽樹が笑う。きっと相沢のそれを想像したのだろう。

「結良。僕の兄貴、覚えてる？」

「覚えてるよ。俺たちの二つ年上だから……今は受験生だな。元気か？」

幼い頃に遊んでもらった記憶がある。陽樹と顔は似ておらず、スポーツも万能だった。

「うん。僕のせいで失恋しちゃって、その怒りをバネに東京の大学目指して頑張ってるよ」

「……？」

突如《とつじょ》として不穏な話を投げ込まれ、結良は顔をしかめた。陽樹は口角を上げたまま、少しだけ視線を落とした。

「去年、兄貴が初めて彼女を家に連れてきたんだ。そしたらその彼女がこともあろうに、僕に一目惚《ひとめぼ》れしたって言いだして。それで兄貴と別れちゃったんだよね。しかも彼女、僕につきまとうようになって。兄貴とはギクシャクするし、彼女はストーカー化するし。僕は高校受験どころじゃなくなって、親戚の家に避難したんだ。で、今の高校を見つけて入学したってわけ」

「……お前、こんな所で何さらりと衝撃の告白してんだよ……」

いくらイタズラ好きな陽樹でも、家族をネタにこんなくだらない嘘を言う奴ではないことぐらい結良には分かる。

「そんな顔しないでよ。僕が実家を出てまでこっちに来た理由、気になってたでしょ？」

理由を尋ねてもはぐらかされていた。一向に本当のことを言おうとしない陽樹に、結良も無理に聞き出そうとは思わず、今までその話には触れてこなかった。

まさか、そんなとんでもない裏事情があったとは。結良は驚きで開いた口が塞《ふさ》がらない。

「兄貴とは仲違《なかたが》いとかしていないから安心してね。僕を巻き込んでしまったって責任を感じていて、よく気にかけてくれてるから」

「それは、良かったけど。……そのストーカーってのは、大丈夫なのか？」

「うん。結構しつこかったけど、さすがに諦《あきら》めたでしょ。怖い思いをしたからしばらくは女の子が苦手だったけど、今はもう全然大丈夫」

「大変だったんだな……」

「まぁ、そのお陰でこうして結良とまた同じ学校に通えているわけだし、そう考えれば悪いことばかりじゃないよ」

なんてことないように陽樹は話しているが、地元を出ざるを得ないところまで追い込まれて相当苦労をしたはずだ。結良は密かに、会ったこともないその女に怒りを覚えた。

「結良はどうなの？　体育祭のリレーの活躍から、何げにモテてるよね。気付いてる？」

「……気付くも何も、そんな事実はない」

全く身に覚えがない結良に、陽樹はやれやれと首を横に振る。

「穂乃梨ちゃんは内心、ヒヤヒヤしてるんじゃないかな」

「北川さんが？　なんでだよ」

「あ。来た来た。こっちだよー」

トイレからうたたちが戻ってくるのが見えた。陽樹が大きく手を振るが、どこにいても目立つ結良の高い背のお陰で、うたたちは二人の居場所がすぐに分かったようだ。

陽樹との話は途切れて消滅したが、結良は特に気にすることもなく、そのまま穂乃梨のお目当てである店へ移動した。

　雑貨やアクセサリーや化粧品を扱う店では女性客で賑《にぎ》わっていて、カーネーションの造花をあしらったラッピングギフトも並んでいる。穂乃梨はエプロンに的《まと》を絞り、朔太郎とデザインを選び始める。

「結良。僕もちょっと見てくるよ」

「陽樹も母の日か?」

「うん。母の日のプレゼントなんて、小さい頃に似顔絵を描いてあげた以来だから、きっと喜ぶだろうな」

「そうしたら、きっと小遣《こづか》いもアップするよね」

「いいやつだな、お前」

「前言撤回」

　雑貨コーナーへ向かう陽樹に呆れていると、うたにぐいぐいと手を引っ張られた。

「ゆらぁ。うたたちも、母の日のプレゼント買おうよ」

「……そうだな」

　父親が生きていた頃は、母の日には三人で外食するのが恒例だった。父親が死んでからの母の日は、結良は特に何もしてはこなかった。毎日家事を手伝ってくれるだけで充分だと言って、何も受け取ろうとしないからだ。

しかし、うたと二人で贈るなら話は別だろう。うたの母親になって初めての母の日の贈り物を拒《こば》むわけがないし、喜ばないわけもない。

「うたは何がいいと思う？」

「えっとぉ。うかあさん、髪が長いでしょ。だからね、あれがいい！」

店内を見回したうたが、ヘアアクセサリーのコーナーを指差す。

陳列棚の前まで来ると、上の方の商品も見たがるうたを抱き上げた。

「お花がいいよね？　うかあさん、お花好きだもんねっ」

「そうだな」

うんと手を伸ばしたうたが、花の装飾が付いた髪留《かみど》めを手に取る。

「これにする！」

「分かった」

母親が好みそうなシンプルなデザインに、結良も納得してプレゼントが決まった。うたを下へ降ろし、レジへ向かおうとするが「待って」と、うたに呼び止められる。

「どうした？」

「これもっ」

そう言って、うたが差し出したのはネックレスだった。すぐ横にあるアクセサリーコーナーから、いつの間にか取ってきたようだ。

「これも一緒にプレゼントするのか？」

透明なケースに入っているそれは、ゴールドチェーンの先に小さなガラス玉がぶら下がっていて、光を反射して虹色に輝いている。

「……違う。でも、これがいいの」

「……うたが着けるのか？」

すると、うたは困ったような表情を浮かべて黙り込んでしまった。そこへ買い物を終えた穂乃梨と朔太郎がやってくる。

「わぁ。可愛いネックレスだね。うたちゃんも母の日のプレゼントを買うの？」

穂乃梨の問いかけにも、うたは「はい」とも「いいえ」ともとれる曖昧《あいまい》な態度だ。

「いや……。多分うたが欲しいんだろう」

代わりに結良が答えると、穂乃梨は「え？」と小さく驚く。価格はそれほど高価ではないものの、四歳児が身に着けるにはデザインが大人すぎる。

「これがいいのっ。ゆらぁ。これ買って！」

懇願《こんがん》するうたに、結良は「ダメだ」と首を横に振った。

「お前にはまだ早い」

うたの手からネックレスを取り上げる。

抗議するようなうたの声を無視して、結良は陳列棚へ戻すと、頬っぺたを膨らませるうたを強引に引っ張ってレジへ向かう。途中、ハンカチを買ったという陽樹に、すれ違いざまにうたを預けた。さっきまでのにこにこ顔が嘘のような不機嫌っぷりのうたを突然押しつけられ、困り顔の陽樹だが、お陰で周囲の女性から声をかけられそうになっていたのを回避できたようだ。

買い物を終えてショッピングモールを出ても、うたの不機嫌は続いていた。

「分かるよ、うたちゃん。私もね小さい頃、大人に憧《あこが》れてママのヒールを履《は》いて幼稚園に行こうとしたことがあるよ。こっそりママのイヤリングも持ち出してね」

恥ずかしそうに打ち明ける穂乃梨の話に笑ったのは陽樹だけだった。うたはすっかり不《ふ》貞腐《てくさ》れてしまっている。

「うたをいじめたのは、お前だな巨大怪人」

ポケットから銃を抜いた朔太郎が結良を撃った。

「誰が巨大怪人だ。いじめてねぇし」

バス乗り場へ向かうため、結良たちは駐車場沿いの歩道を歩いていた。

よほどあのネックレスが欲しかったのか、帰路に着くとうたの頬っぺたはさらに膨らみ、手を繋ぐことも強く拒《こば》む。結良は仕方なく手を放し、横に並んで歩いていた。

バスや電車で眠ってしまえば、きっとネックレスのことは忘れて、夕飯のメニューに意識が切り替わり「今日のご飯は何？」と、けろりとした顔で聞いてくるだろう。うたが好きなソーセージとコーンたっぷりの激甘カレーが脳裏に浮かんだときだった。

うたが突然、車が往来する車道へ飛び出した。

車が急ブレーキを踏む音が響く。

穂乃梨が悲鳴を上げ、近くにいた警備員が慌てて後続車に向かって止まるように誘導棒を大きく振る。目を見開いた陽樹が車道に向かって叫んだ。

「結良っ！」

止まった車の脇、接触を免《まぬか》れたギリギリの場所で結良は転倒していた。その腕の中にはうたがいる。車に轢《ひ》かれそうになったうたを、結良が咄嗟《とっさ》に飛び出して庇《かば》ったのだ。

血相を変えた陽樹が駆け寄ってくる。

「……大丈夫だ」

車のスピードがあまり出ていなかったのと、身体が瞬時に動いたのが良かった。すぐに立ち上がった結良は、うたに怪我《けが》がないか確認する。かすり傷一つないうたは、何が起こったのか理解が追いついていないようで呆然としている。

うたを穂乃梨たちがいる歩道へ戻すと結良はすぐさま引き返し、車の運転手に謝罪した。運転手は怒りをあらわにした。当然だろう。結良は深く頭を下げる。運転手は「気をつけろ」と吐き捨てて去っていった。

「君、怪我してるじゃないか」

警備員に呼び止められた結良の右腕には擦《す》り傷があり、真っ赤な血が滲《にじ》んでいる。

「大丈夫です。俺の不注意で妹が飛び出してしまい、すみませんでした」

ハンカチで腕を押さえた結良は、警備員にも頭を下げた。一時は騒然とした周囲だが、大事に至らなかったと分かると何ごともなかったように落ち着き、平常に返った。

「吉田君、うたちゃんも、無事で良かった。怪我の手当てをしないと」

「少し掠《かす》っただけだから……」

ぼそりと答えた結良は、穂乃梨に背中を摩《さす》られているうたに歩み寄る。

「うた……」

うたの前にしゃがみ込むと、その小さな両肩を摑んで強く揺さぶった。

「お前、何やってんだよっ。死にたいのか!!」

怒りをむき出しにして結良は怒声を響かせた。

頭に血が上り、顔中が一気に熱を帯びる。

静まり返ったその場の空気を、うたの甲高《かんだか》い泣き声が切り裂く。

泣きじゃくるうたを抱きしめる穂乃梨が、困惑の表情でいるのを見て結良は我に返った。

それでも怒りは収まらず、結良はうたから目を逸らす。身体の底から湧き出て止まらない感情の高ぶりを、抑え込むのが精一杯だった。


間もなくやってきたバスに結良たちは乗り込んだ。駅に到着し、電車に乗り継いでも、しくしくと泣き続けるうたは誰とも口を利《き》かず、そんなうたを隣に座らせつつ結良もまた黙り込んでいた。

兄妹喧嘩を心配する穂乃梨が何とか取り持とうと試みるが上手《うま》くいかず、「ヒーローの出番はない」と朔太郎は匙《さじ》を投げた。

身を挺《てい》して守るほどうたが大事だからこそ、結良が怒る気持ちも穂乃梨と陽樹は分かっている。陽樹は俯《うつむ》いている結良をチラリと見た。

『死にたいのか』

結良の気持ちが鎮《しず》まらない本当の理由を知る陽樹もまた、何も言えなかった。

荷物を抱《かか》え、眠ってしまったうたを背負い、結良はアパートへ帰り着いた。

涙の痕《あと》が頬に残っているうたを布団に寝かせる。少し目が腫《は》れている寝顔を見つめて、結良は深いため息をついた。

休む間もなく夕飯の支度に取りかかる。米を炊《た》き、カレーの具を切っていると、ズボンのポケットに入れていたスマホが鳴った。洗った手をタオルで拭《ふ》き、相手を確認してから電話に出る。

『結良。……大丈夫？』

「こんな掠り傷、怪我のうちにも入らねぇよ」

『そっちもだけどさ……』

口ごもる陽樹が言わんとしていることが分かり、結良は短く「あぁ」と答えた。

「子どもが飛び出す生き物だって、知ってたのにな。俺が手を放したせいで、またうたを危険な目に遭《あ》わせちまった」

『それを言うなら一緒にいた僕にも責任はあるよ。あんまり自分を責めないで。結良が守ったお陰でうたちゃんは無事だったんだから』

「ありがとう。心配かけて悪かった。後で北川さんにも電話する」

『それがいいよ。穂乃梨ちゃん、結良の家までついていこうとするぐらい二人を心配してたからね』

　泣き疲れて眠っているうたに好物のカレーライスを作っているから、仲直りも時間の問題だ。そう話すと、いつもの笑い声が返ってくる。

『……結良。ちょっと、気になることがあるんだ。うたちゃんが飛び出したときのことで』

　躊躇《ためら》いがちな声に、結良は「何だ？」と眉根を寄せた。

『駐車場に、赤い服を着た女の人がいたんだ。髪は短くて、顔までは見てなかったから、それ以上は分からない。でも僕にはうたちゃんが、その女の人に駆け寄ろうとしたように見えたんだ』

　気のせいかもしれないけれど。そう付け加えた陽樹に心当たりはないかと聞かれても、結良には全く見当がつかない。赤い服の女性はいつの間にかいなくなっていて、おそらく車に乗って行ってしまったのではないかという。

　その女性が関係あるにしても、ないにしても。うたが車道へ飛び出した理由が何かあるはずだ。

　電話を切った後、夕飯の支度を終えた結良はうたを起こした。

　いつもなら部屋中に漂っているカレーの香りに心を躍《おど》らせるのに、うたは起き上がると、いつも一緒に眠っているクマのぬいぐるみを抱えたまま、元気なく食卓に着いた。

「いただきます」

小さな声で手を合わせ、カレーライスを食べだす。怒っている様子はないが、結良と目を合わせようとしない。クマを横に置いているが、いつもなら汚れるのを嫌がって食卓には持ってこないのに。

「……うた。あのとき、どうして飛び出したんだ?」

うたがカレーライスを半分ほど食べたところで、結良は話を切り出した。するとスプーンを口へ運んでいた手がピタリと止まり、うたはようやく結良を見た。

「…………」

うたは何も答えない。一瞬、何か言いたげな表情を浮かべたが、また俯いて黙ったままカレーライスを食べる。ソーセージもコーンもたっぷり入れたのに、美味《おい》しそうな顔一つしない。ネックレスのことをまだ根に持っているのか。それとも……。

「食べながらでいいから聞いてくれ、うた。……怒鳴って悪かった。言い過ぎた」

死にたいのか。あんな言葉は言うべきじゃなかった。でも、あの時はどうしても感情が抑えられなかった。

再びうたが顔を上げる。

「……俺の本当の父さんは、俺が八歳の時に事故で死んだんだ」

スパイスを入れて自分の分だけ辛《から》くしたカレーを食べる手を止めて、結良は続ける。

「自転車の乗り方も、速く走る方法も、教えてくれたのは父さんだった。怒るとすげぇ怖い人だったけど、思い出す父さんの顔はいつだって優しいんだ」

怒られて泣いた記憶もあるのに、思い出す父親はいつも笑っている。当時はそれが当たり前だと思っていたけれど、今思えば子煩悩《こぼんのう》な父親だった。八歳までしか一緒にいられなかったのに、記憶の引き出しを開ければ遊んでもらった思い出がたくさん詰まっている。

「父さんはバイクに乗っていたんだ。あの日も、いつものようにバイクに乗って会社へ向かっていた」

満員電車を嫌う父親は、自慢のバイクで通勤していた。朝のラッシュで道路が混むのを見越して早めに家を出ていく父親を、学校へ行く前の結良はいつも見送っていた。「父さん、今日も早く帰ってきてね」「ちゃんと勉強しろよ、結良」玄関で交わしたこの言葉が、二人の最後の会話になった。

「家からそう離れていない、走り慣れた道だった。突然、道路に子どもが飛び出してきたんだ。父さんは子どもを避けようとして転倒した。子どもに怪我はなかったが、父さんは全身を強く打って、亡くなった」

知らせを受けて母親と病院へ駆けつけたが、病院へ搬送《はんそう》されたときには既《すで》に息を引き取っていた。動かなくなった父親と対面した後の記憶が、結良にはない。

飛び出した子どもは結良と同じ小学生だった。学区が違い小学校も別だったから面識はない。登校中だった子どもは、普段は遠回りをして横断歩道を渡っていたが、その日は急いでいたために近道をしようと道路を横断しようとした。その際に左右確認を怠《おこた》り、バイクに気付いていなかったことが後《のち》に分かった。

周囲は飛び出した子どもやその親を激しく責めたが、結良は誰かを恨むことはなかった。自分の前では泣かないのに、毎日のように目を腫らしていた母親が、一度だって誰かを責めたり、恨みごとを言ったりしなかったからだ。

時が経《た》っても憎しみはない。それでも悲しみは色褪《あ》せない。だからもう二度と、同じ思いはしたくはないし、させたくはない。

「駐車場で手を放した俺が悪かった。でも、もう二度と、あんなことはしないでくれ」

まだ幼いうたに届くかは分からない。それでも結良は祈るように言った。

じっと結良を見つめていたうたの視線が急に下がり、右腕の掠り傷で止まる。微《かす》かに開いたその口が「ママ……」と小さな言葉を発したのを、結良は聞き逃さなかった。

違和感を覚えたのは、うたはいつも母親のことを「お母さん」と呼んでいるからだ。

「ママ？」

聞き返す。うたは観念したように、こくりと頷いた。

母親とは違う「ママ」。それは、うたを産んだ実の母親のことしか考えられない。

「……それは、お母さんとは違う、ママのことか？　ママのことを、覚えているのか？」

うたの実の母親は、うたが一歳の時に病死したと聞いている。「うん」と返され驚く結良の脳裏に咲羽子の言葉が浮かぶ。「普通とは違う」。結良は実際に、うたの驚異的な記憶力を目の当《ま》たりにした。一般常識で推し量《お》《はか》ってうたの言葉を否定するのは違うだろう。

うたは本当にママを覚えている。結良はうたの記憶を信じた。

「ママがいたと思ったの。だからうた、走っちゃった」

「……ママに、似た人がいたんだな？」

気になると言っていた陽樹の話が、うたの言葉と繋がる。

「うん。……知ってるよ、ママは天国にいるって。でも、ママだと思ったの。だけど、やっぱりママじゃなかった。ゆらもお怪我しちゃった。うたのせい。……ごめんなさい」

目に涙をためて、うたは悲しそうに謝った。

「母の日のプレゼント、ママのも買いたかったんだ」

「あのネックレス……。ママのプレゼントだったのか」

てっきりうたの、単なるワガママだと思い込んでいた。

「どうしてそれを言わなかったんだよ？」

これがいい、としか言わなかった。それでは何も分からない。

「だって、パパに怒られるもん」

「……ママの話をすると、パパが怒るのか？」

すると、うたは首を横にぶんぶんと振る。そしてクマのぬいぐるみを引き寄せる。意味が分からず結良が眉根を寄せると、うたはクマをギュッと抱きしめた。

「だってパパ。ママがいなくなってから、ママのこと、お話しなくなったんだよ。だからうたも、ママの話はしないようにしてる。パパが嫌がるかもしれないから」

「……言わなかったんじゃなくて、言えなかったんだな」

生みの親の記憶があるのに、それをずっと抑え込んでいたというのか。まだ一歳だったうたにとって、ママとの思い出はそう多くはないだろう。それでもプレゼントを贈りたいと思うほどに想い続けているママを、たった四歳の子どもが自分の中にだけ封印し続けているなんて。

きっと寂しかったはずだ。悲しげな表情が物語っている。胸が締めつけられる思いがした結良は、うたにまっすぐ向き直る。

「うた。よく聞け」

できるだけ目線を合わせられるように、結良は前屈《まえかが》みになった。

「生きてるか、死んでるかなんて、関係ないんだ。死んだ父さんは今でも俺の父親だ。うたのママも同じだ。天国にいたって、ママはうたのママなんだ。親子であることに変わりはない」

母親が再婚しても、父親が切り替わるわけじゃない。自分の父親は変わらない。バイクでいろんな場所へ連れていってくれた大きな背中は、父親の姿として結良の脳裏に強く焼きついている。

「だから、ママのことを話しちゃいけないなんて、そんなことはないんだ。絶対に」

茂の意図は分からないが、これだけは絶対に間違ってはいない。

「分かったか？」

分かった、と小さく答えるも、うたは戸惑っている。

「そうだ、うた。ママの絵を描けるか？」

「ママの絵？　……うん、描ける」

戸惑いながらうたは頷く。結良は無地のノートと色鉛筆を持ち出した。食べかけのカレーライスを一旦テーブルの隅へ置き、中央にノートを広げる。

「ママの似顔絵を描こう。母の日のプレゼントにするんだ。ネックレスは着けられないけど、絵なら見られるだろ。ママはきっと、天国からうたを見守っているはずだからな」

「ママ、天国から見てるの？」

潤《うる》んだままキョトンとしている瞳に「もちろんだ」と頷く。父親が亡くなった時、母親が言った。これからもずっと父親は見守ってくれると。そんなのは嘘だと言い返しながら、心のどこかではすがるようにそれを信じていた。

急に姿勢を正し、そわそわしながらうたは色鉛筆を握った。

最初は自信なさげな筆運びだったが、描き進めるうちにだんだんと調子が出てきた。うたの顔には笑みが浮かび、夢中になって手を動かし続けると一気に描き上げた。

「できたぁ！」

まるで表彰状でも見せるように、誇らしげにうたはノートを掲《かか》げる。スペースを充分に使って大きく描かれた女性の絵。その上にはこれまた大きな文字で「まま」。鏡文字になっているのが気になるところだが。

「これが、うたのママだよ。すっごく上手に描けたっ」

赤いドレスを着た、かなり髪が短い女性。口紅を塗った大きな口が豪快に笑っているのに、目は慈《いつく》しむように優しく微笑んでいる。陽樹が駐車場で見たという女性と特徴も一致していた。そしてその横には、うたのぬいぐるみによく似たクマが描かれている。

「ママも、クマが好きだったのか？」

「うん。このクマさん、ママが大切にしてた。パパが、うたにくれたんだよ」

「そうだったのか」

うたにとって、この毎晩抱きしめて眠っているクマのぬいぐるみは、会えないママの代わりだったのかもしれない。

「ゆらぁ。天国ってどこ？」

「……空の向こう、かな」

すると窓を開けたうたはベランダへ出て、星が瞬《またた》く空に向かって絵を掲げた。

「ママ、見える？　うたは元気だよ。毎日いっぱい楽しいよ」

少しでも空に近づけようとしているのか、うたはうんと背伸びをする。

「ママ。産んでくれて、ありがとう！」

ありがとうを言う日。

朔太郎にそう教わったうたが、ママにどうしても伝えたかったこと。

うたを産んでくれてありがとう。

会ったこともないけれど、結良も同じ気持ちだった。

「上手く描けてるから、天国のママはきっと喜んでるな」

うへへぇ、と照れながら喜ぶうたの頭を結良はなでた。明るさと包容力が伝わってくる絵の中のママの分まで。

すっかり元気を取り戻したうたは、部屋に戻るとカレーライスを完食した。


夜の十時を回ったところで結良のアパートに茂がやってきた。

うたはクマを抱いてぐっすり眠ってしまっているが、寝顔を覗き込んだ瞬間に、疲労が滲んでいた茂の顔が穏やかになる。

「休日だったのに、買い物まで頼んですまなかったね。うたの気に入る服はあったかな」

「はい。それと、これも。今日は母の日なので、うたが選んだんです。明日、母さんに渡してください。うたが一日も早く渡したいと言っているので」

ラッピングされた髪留めを渡すと、茂は「喜ぶよ」と嬉しそうに受け取った。

「……それと。茂さんに、見てもらいたいものがあります」

ネクタイを少し緩《ゆる》めた茂の前に、結良は一枚の紙を差し出した。透明なクリアファイルに挟まれたそれは、ノートからきれいに切り取った一ページ。

「うたが描いた、ママの絵です」

うたの絵を手に取ると、茂は瞠目《どうもく》しつつ静かに息を呑んだ。

「母の日のプレゼントです。うたから、本当の母親に」

ママのことを覚えていて、ネックレスを買おうとしたこと、ママに似た人を見かけて車道へ飛び出したこと、そして誰にも言えずにママを想い続けていたこと。結良は今日の出来事を茂に話した。

「覚えのいい子だとは思っていたが……。そうか……。うたは、ママを覚えているのか」

小さな寝息を立てる我が子を振り返り、茂は愕然《がくぜん》としている。

「うたは言ってました。パパがママの話をしなくなった。だから言えなかったって」

再びうたの絵に目を落とし、茂は額《ひたい》を押さえながら口を開く。

「妻が病《やまい》で亡くなったのは、うたが一歳のとき。まだ『病気』や『死』を理解できる年じゃなかった」

やはり茂も、うたにママの記憶が残っているとは思っていなかったのだ。衝撃の事実をゆっくりと飲み下すように話し始める茂に、結良は黙って耳を傾ける。

「縁があって浩子《ひろこ》と出会い、うたも浩子に懐《なつ》いた。入籍こそ最近だが、その前からうたは浩子を母親と認識している様子だった。混乱させないよう、物心がつくまでは亡くなった妻のことは黙っていようと、浩子とも、亡くなった妻のご両親とも話し合ったんだ」

家にある妻の写っている写真は全て仕舞い込み、うたの祖父母である遠方に住む義両親は、うたのことを最優先に考えて会うのを控えた。義両親の希望で妻の実家近くに墓を建てたが、墓参りも茂だけで行っているという。

「あのクマのぬいぐるみは、うたがお腹に宿ったと分かった日に妻が買ったんだ。妻からうたへ、最初で最後の贈り物なんだ。……うたが小学校に上がってから、頃合いを見て話すつもりでいた」

亡くなる前、幼いうたを心配する妻は茂に再婚を望んでいた。最愛の妻を亡くし、小さなうたを抱えて途方に暮れていた自分に、亡くなった妻が浩子と引き合わせてくれたと思っている。茂は至極真面目《しごくまじめ》にそう話す。

「身勝手な考えだと思うかもしれないが、妻は、そういう女性だったんだ」

茂はうたの絵をまじまじと眺めた。

「いつも赤いエプロンを着けていた。妻の好きな色だったんだ。……よく描けているよ、本当に……」

「似顔絵が描けるほど、うたの中にはずっとママがいて。それをずっと胸の内に仕舞い込んでいて……。俺なら辛《つら》いです」

責めているわけではない。ただ、あの悲しげな顔を見ていない茂に伝えたかった。

「親が再婚をしても、俺が父さんと呼べるのは死んだ父親だけです。それと同じように、うたのママは、実の母親だけなんだと思います」

　父親を「パパ」と呼ぶのに、母親を「お母さん」と呼ぶのは、「ママ」と呼ぶ相手がうたの中にちゃんといるからだ。

「亡くなった奥さんとは、どこで知り合ったんですか。どんな人だったんですか」

「出会いは、行きつけの小さなレストランだった。オーナーシェフが作る料理が美味しくて、何度か通った。妻はそこで働いていたんだ」

　唐突な質問にも、茂は照れるでも懐かしむでもなく真剣に答える。結良が興味本位で聞いているわけではないことが分かっているからだろう。

「外食に頼る食生活で健康面が不安だった僕は当時、毎朝ジョギングをしていた。たまには気分を変えようといつものコースとは別の道を走ったら、朝の散歩を日課にしていた彼女に会った。そこから話すようになったんだ」

　遠くを遡《さかのぼ》っているのか。近くに手繰《たぐ》り寄せているのか。うたの絵に落としている茂の目には、結良には見えない何かが鮮明に映っているようだ。

「もともと身体が丈夫な人ではなかったから、うたが生まれたときは母子ともに健康で心底安堵した。しかし、それから半年後に病気が見つかった。薬と義両親の力を借りながらうたを育てていた。それが妻の、一番の生きる原動力だった」

当初は妻の身体を心配して入院を強く勧《すす》めた茂だが、本人は強くそれを拒《こば》んだ。うたのために生きようとする妻から娘を離しては、病気と向き合う妻の心が持たないかもしれない。そう考え直したという。

「アップダウンを繰り返しながらの闘病生活で、それでもうたと暮らせる毎日は幸せだと言っていた。しかし急に病状が悪化して入院し、そのまま帰らぬ人になってしまった。病人である前に母親でありたいと、最後まで笑顔を絶やさない気骨のある人だった」

「それを、うたにも教えてあげてください。ママのことを、話してやってください」

「そうだな。……気付いてやれずに、寂しい思いをさせてしまった」

かたいフローリングの上で端座した茂が、深く反省するように重く頷いたとき。眠っていたはずのうたがごそごそと動いて起き上がった。

「ゆらぁ、トイレ……」

目をこすりながら二人のいるキッチンへふらふらとやってくる。

「パパだぁ。おかえりぃ」

茂に気付いて、ふにゃりと抱きつく。茂はそのままうたを抱えてトイレへ連れていった。

しばらくして、うたの手を引いて戻ってきた茂は娘を布団の中へ戻す前に言った。

「すまなかった、うた」

「どうしてあやまる？　お仕事で遅くなっても、うた泣かないよ？」

元気のない父親を心配するうたに「そうじゃないんだ」と茂が首を横に振る。

「ママのこと、覚えていたんだな。うた、今年は一緒にママのお墓参りに行こう。うたが上手に描いたママの絵、持っていこう。ママの家のおじいちゃん、おばあちゃんにも会いに行って、ママの話をたくさん聞こう」

諭《さと》すように優しく語りかける茂に、最初はぽかんとしていたうたは、やがて頬を赤くして顔をくしゃりと歪《ゆが》めた。

「行く！　ママのお話、聞くぅ！」

嬉しそうに茂に飛びついたうたは、それまで溜め込んでいた気持ちを吐き出すように大声を上げて泣きだした。そんな娘を茂は洟《はな》を啜《すす》りながら抱きしめる。

うたにとって今日という日は、きっと思い出に残る母の日になったはずだ。抱き合う親子を、少し離れた場所から見守る結良の胸もいっぱいになっていた。


中間考査を来週に控えた教室では、みんな静かに勉強をしている。

課業終了後に設《もう》けられた三十分の強制自習時間。進学校ではないのだが、赤点を取って再試を受けるはめを回避しようと、誰もが真剣に自習に取り組んでいる。教壇の佐藤《さとう》に監視されているというのも大きな理由ではあった。

「よし、時間だ。自習終わり。テスト期間中は部活はないからな。まっすぐ家に帰って、ちゃんと勉強しろよ」

釘を刺しながら佐藤が教室を出ていく。緊張感から解放された教室は、息を吹き返すように賑やかさを取り戻した。

「穂乃梨ちゃん、これからファミレスで一緒に勉強しない？　僕、英語苦手なんだよね」

「いいよ。久保君は数学得意だよね。私、ちょうど分からないところがあって」

陽樹の誘いに穂乃梨は二つ返事で答える。それを聞きつけた周囲が「私も」「俺も」と加わっていく。

「あの二人は本当に仲がいいな」

近くにいたユイとミユに向かって、他意はなく結良が呟く。ユイとミユは「そうだね」「いいよね」と頷いた。

「久保君に好意を寄せている女子は多いけど、協調性の強いこのクラスにおいて抜け駆けはダメという暗黙の了解が成立していて。でも吉田君のことが好きだってバレバレな穂乃梨だからこそ嫉妬もされず許されていて、それを久保君も理解しているから一緒にいやすいってことだろうけどね」

「吉田君、穂乃梨の気持ちに全然気付いていないんだろうな。体育祭の活躍で、久保君ほどじゃないけど女子人気が上がってることにも気付いてなさそうだし」

「……何急に二人でこそこそ話してるんだ？」

「ううん。何でもないよ」

「そうそう。関係ないよ」

「……俺のこと見ながら話してたよな。『吉田君』ていうワードだけは聞こえたんだけど」

明らかにしらばっくれる二人に結良が訝《いぶか》しんでいるところへ、穂乃梨がやってくる。

「ユイとミユも行こうよ、ファミレスで勉強会！」

「オッケー」と承諾《しようだく》した二人は、帰り支度をすると言ってその場から離れていった。

「吉田君も、うたちゃん連れて一緒に来られないかな」

穂乃梨の誘いに、結良は「いや」と即答する。

「うたがいると勉強どころじゃなくなる」

「……そうだよね。それじゃ、ノートまとめたら明日見せるね」

「ありがとう。助かる」

残念がる穂乃梨に手を振り、結良は教室を後にした。

自習がある日はうたの迎えに間に合わず延長保育にしてあるため、慌てて子ども園へ急ぐ必要はない。バスを待ちながら今夜の夕食を考える。勉強時間を確保するために、なるべく時短で尚かつうたが好みそうなものはないかと模索していると、茂から電話がかかってきた。

『結良君、来週はテストだろ。今日は出前を注文してあるから、夕飯は作らなくていい』

「……分かりました」

頑張りなさい、と言って茂は電話を切った。

これで食材の買い出しや調理の時間が省《はぶ》けて、正直とても助かる。茂の選ぶ飯なら美味いはずだ。結良は嬉しさと期待する気持ちの奥で、小さなわだかまりに顔を曇らせた。

『俺が父さんと呼べるのは死んだ父親だけです』

あの日、結良の言葉を聞いて茂は一体どう感じただろうか。

茂を父親とは認めない。そんなつもりで発した言葉ではなかったが、そう捉《とら》えられても仕方がない発言だった。

どうしてあんなことを言ってしまったのか。後になって思い出した自分の言葉に結良は後悔した。だからといって、茂を父親と認識しているかといえば、そうではない。妙な言い回しだとは思うが、妹の父親という表現が一番しっくりくる。他人と言うには近く、家族と呼ぶには遠い存在。

以前は他人だと割り切れていたのに、今はそれができない。でも、父親とは違う。結良は茂とどう接するべきなのか、ここにきて悩みだしていた。

夕方に配達員がアパートへ持ってきたのは弁当だった。デパ地下の袋に入った高級な弁当などではなく、総菜屋の紙に包まれたパック詰めの弁当。しかしこれがかなり美味しかった。温め直す必要もなくホカホカで、メインの揚げ物はどれもサクサクで、副菜が豊富で栄養バランスもいい。結良の分は白飯が大盛りになっていて大満足だった。

うたもあっという間に完食したお陰で、風呂や歯磨き、絵本の読み聞かせもいつもより時間を前倒しにして、早く寝かせることができた。結良はさっと風呂を済ませると、コーヒーを淹《い》れてテスト勉強を始めた。

夜の十時半を過ぎた頃、小腹が空《す》いて集中力が散漫してきた。

何かないかとキッチンへ立ったとき、玄関の呼び鈴が鳴った。こんな時間に来るのは茂しかいない。アパートへ来るときはいつもスマホに連絡をくれていたが。

あの人でも忘れることとかあるんだな。常にきっちりしている茂の意外な一面に触れたように思いながらドアを開ける。しかしそこに立っていたのは知らない男だった。

「こんばんは。お待たせしました」

夕方に来た配達員と同じフードデリバリーサービスを名乗る男が、小さな袋を差し出す。

「……部屋、間違ってませんか。俺は何も頼んでません」

「あれ。おかしいな。吉田茂様からご注文いただいてるんすけど」

茂の名前にハッとする結良をよそに、男は取り出した端末で住所を確認している。

「やっぱりここで間違いないっすよ。お代は頂いてるんで。ありがとうございました」

次の配達があるのだろう。男は袋を結良に押しつけ、さっさと行ってしまった。

袋の中身はおにぎりだった。鮭《しゃけ》と書かれた大きなおにぎりがひとつ。インスタントの味噌汁付き。夜食にピッタリだなと思っていると、茂からメッセージが届いた。「夜食を注文しました。いらなかったら朝食にしてください」。

ありがとうございます。簡潔なメッセージを返信した結良はお湯を沸かすと、ありがたく夜食を頂いた。

次の日の夜には茂が夕飯を買ってアパートへやってきた。うたの世話をして寝かしつけた後、帰るのかと思いきや結良の勉強を見ると言いだす。

断ることもできたのに、家庭教師の経験があるという茂の教え方はとても分かりやすく、結局長い時間付き合わせてしまった。

父親ではないと言いながら、ちゃっかり甘えている自分にモヤモヤしてしまう結良だが、お陰でテストでは確かな手応えがあった。

天国と地獄。四日間の中間考査を終えた教室の有り様は、まさにそんな感じだった。大半はテストに縛られていた日々から解放され、再び訪れた自由に歓喜しているが、ごく一部は自己採点の結果、再試を免れない現実に直面して絶望している。

「ヨッシー。赤点同士、傷を舐《な》め合おうぜ」

テスト期間も遊んでいた様子の相沢は余裕があるんだなと思っていたが。肩に手を置かれた結良は顔には出さずに呆れていた。

「いや、俺は赤点じゃねぇから」

やんわりと手を振り払うと、相沢は目を点にした。

「マジで？　ヨッシー、勉強できる感じじゃないのに？　騙《だま》されたぁ」

うなだれる相沢の頭を、陽樹が優しくなでながら「自業自得《じごうじとく》だよ」と微笑む。相沢はますます沈み込んだ。そこへユイとミユと一緒にやってきた穂乃梨は、瞬時に状況を把握して苦笑いを浮かべる。

「なぁヨッシー、何か楽しい話ししてくれよ」

すがりついてくる相沢を結良は容赦なく押し戻した。

「俺に言うなよ。…………あ。そういえば」

「え。なに、なに？」

相沢が期待の眼差《まなざ》しを結良に向ける。

「今朝、子ども園で駿介《しゅんすけ》さんからホームバーベキューに誘われたんだ。今度の土曜日に」

「おぉ！」

「その日は紡希《つむぎ》ちゃんの誕生日で、うたが呼ばれたわけだけど。賑やかにお祝いしたいから俺の友達も呼ばないかって話になって」

「それで？　それで？」

「陽樹と、北川さんと、北川さんの弟も誘ってみますって言った」

「いいね。僕は行くよ」

「サクも誘ってくれてありがとう。もちろん行くよ」

陽樹と穂乃梨は喜んで誘いを受けた。

「オレは入ってないのかよぉぉぉ」

相沢がズッコケると周囲からどっと笑いが巻き起こる。それと同時に「俺も行きたい」

「いいなぁ私も」「紡希ちゃんのお祝いしたい」と次々に声が上がった。

そんなに言うなら連れていってやりたいが、人の家に大人数を引き連れてはさすがに行けない。結良が顔には出さず困っていると、「それじゃぁさ」と陽樹がみんなに言った。

「みんなで、紡希ちゃんにお祝いのメッセージ動画を撮るってのはどうかな」

「お！　いいじゃんそれ。面白そう。やろうぜ！」

楽しいことセンサーが瞬時に反応した相沢が声を上げた。

「はーい。私、演出やりたい。こういうの好きなんだよね」

ユイが手をあげる。

「動画編集なら誰にも負けない」

ミユが手をあげる。

「演劇部の小道具とか使えるかも。先輩に頼んで借りて来ようか？」

泉《いずみ》も手をあげた。

「バースデーソングが必要っしょ。俺らに任せて」

「それならうちらはダンスで盛り上げよう」

軽音部でバンドを組んでいる男子たちと、ダンス部の女子たちが次々に手をあげた。盛り上がり始める様子を見て結良はたじろぐ。

「……さすがにオーバーじゃないか？」

「いいんじゃない？」

結良の呟きを、陽樹が拾った。

「紡希ちゃんは、佐藤先生の『バカ野郎』を封印した伝説の園児の一人なんだから。感謝している人は少なくないはずだよ」

伝説の勇者みたいに言うなよと思いつつ、確かにそうだなと納得する。あの騒動以来、佐藤の代名詞でもあった「バカ野郎！」を、結良は一度も見聞きしていない。

「それに、みんなテストが終わった解放感を思いっきり味わいたいんだよ」

僕もね、と陽樹は天性の笑みを浮かべた。

「紡希ちゃんのお祝い動画に協力してくれる人、手をあげて」

陽樹の呼びかけに、クラス全員が挙手をすると教室は一気にお祭り騒ぎになった。

昼休憩の時間を使って撮影することが決まると、ユイは早速みんなの意見を集めながら脚本に取りかかり、他の面々も着々と準備を始める。休憩時間のたびにみんなで打ち合わせを重ね、昼になると急いでランチを済ませて撮影の時間を作り、撮り溜めた動画はミユがサクサクと編集する。

イベントを重ねるたびに一体感が増していく。楽しいクラスだなと客観的に思う結良は、自分もその一員であることを心の隅で嬉しく感じていた。

こうして結良たちは二日間で動画を完成させた。


そして迎えた土曜日。天気も紡希の誕生日を祝福してバーベキュー日和《びより》だ。

結良はうたを連れて、陽樹と穂乃梨と朔太郎と合流すると、約束の正午に駿介の家を訪ねた。

「みんな、いらっしゃい！」

エプロン姿の駿介が結良たちを出迎える。

「つむちゃんのパパ、こんにちは。今日はオネマキ、ありがとぉございます！」

三人で金を出し合って買った手土産《てみやげ》を、うたが代表して渡す。

「……お招き、な」

ここへ来る前、散々練習した挨拶《あいさつ》だったが一度も成功はしなかった。

「そんな気を遣《つか》わなくてもいいのに。ありがとう。さぁ、こっちこっち」

玄関から直接庭へ案内されると、バーベキューの準備はすでに整っていて、ガーランドで装飾された大きなタープテントの下、チェック柄のクロスを敷いたテーブルセットで、今日の主役がスーパーのチラシをチェックしていた。

「つむちゃーん。おめでとう！」

庭に放たれた犬のように、うたが紡希に向かって駆け出す。

「うたちゃん、ありがとう！」

ロングスカートのツーピースを着ていつもよりおしゃれをしている紡希は、プレゼントを受け取ると嬉しそうにうたとハグをした。それから、うたに急《せ》かされてプレゼントの包みを開ける。中から出てきたのは靴下だった。

「うたと、おそろいだよ」

「嬉しい！　私とうたちゃんは服の好みが違うからおそろいは諦めてたんだけど、これならおそろいできるね！」

年相応のデザインを好むうたとは違い、大人っぽいデザインを好む紡希は、子ども園のスモックしかうたとお揃いコーデができないと嘆《なげ》いている。そう駿介から聞いた結良が、穂乃梨に相談して買ったプレゼント。紡希の喜ぶ顔を見て、結良と穂乃梨はどちらからともなく目を合わせて笑った。

「お兄さん、お姉さんたちも。今日は来てくれてありがとうございます」

礼儀正しく挨拶をする紡希に、結良と陽樹と穂乃梨も思わず姿勢を正して会釈《えしゃく》する。

「……あら、あなたが朔太郎くんね。話は聞いているわ」

新顔に目を向けたとたん、紡希はスンと表情を薄め、素《そ》っ気《け》ない物言いになる。

「はじめまして。うたちゃんの、大親友の紡希よ。よろしく」

うたの横に並んだ朔太郎を見て、紡希は「大親友」を強調して自己紹介をした。

「おう。よろしくな、紡希。お誕生日おめでとう」

今日も玩具《おもちゃ》の銃を持ってきているが、穂乃梨から「主役を撃ったら悪人になるよ」と言われているため、ヒーローになりたい朔太郎はズボンのポケットに銃を封印している。

「どうも。初対面でいきなり呼び捨てにされるすじあいはないけれど、うたちゃんの知り合いだから大目に見てあげるわ。でも……」

ぽかんとしている朔太郎を紡希はにらみつけて続ける。

「帽子も、Tシャツも、ズボンに靴まで。女の子の誕生日会に全身ヒーローキャラコーデで来るって、どうなの？」

不満に満ちた紡希の問いに、朔太郎は首を傾《かし》げる。

「コーデって何だ？　よく分からないけど、今日はうたの友達の誕生日会だっていうから、一番いい服を着てきたぞ」

「それが一張羅《いっちょうら》だとでもいうの？　笑っちゃうわ。それに私はうたちゃんの友達じゃなくて、大親友よ！」

朔太郎に冷たい態度をとる紡希を見て、穂乃梨は気が気ではない様子だ。

「紡希ちゃん、ヒーローものが嫌いなのかな。でもサクの服はほとんどヒーローもので。どうしよう。こんなことなら七五三のときの袴《はかま》でも着せてくれれば良かった。い、今からでも間に合うかな」

「北川さん落ち着いて。バーベキューに袴の方がおかしい」

焦る穂乃梨を見兼ねて結良がなだめているところへ、駿介がやってくる。

「紡希のクラスにも、ヒーローものが好きな子たちがいるんだよ。その子たちは誰彼構わず悪者にしては、正義の名のもとに攻撃をしてくるんだ」

共感するように頷く穂乃梨の横で、結良は密かに顔をしかめる。ヒーローを名乗りながら、やっていることは一般市民を苦しめる悪の組織だな。

「なかでもうたちゃんはノリがいいから、よく標的にされる」

ショッピングモールで朔太郎と初めて会ったとき、それまで恥ずかしそうにもじもじしていたうたが、いきなり撃ってきた朔太郎に対して、ノリノリになって魔法で攻撃をかわしていたのを結良は思い出した。

「うたちゃんは楽しく相手にしているらしいけど、紡希からしたら、大好きなうたちゃんが悪者にされているのが我慢ならないようでね。だからヒーローを良く思っていなくて、朔太郎君に限らず、ヒーローなら誰にでもあんな態度になってしまうんだ。気にしないでね」

穂乃梨は納得したようだが、結良は密かに「ヒーローとは？」と疑問を抱いていた。

「ズボンに玩具なんか入れちゃって。子どもね」

「おれは、お前より年上だぞ」

ポケットの銃を今にも抜きそうな朔太郎だが、何とか持ち堪《こた》えている。

「大丈夫。そのうち仲良くなるからね。結良君、炭を熾《おこ》すのを手伝ってくれるかい」

「はい」

結良は駿介を手伝い、穂乃梨と陽樹が子どもたちを見る。バーベキューコンロの炭に火が点《つ》くと、家の中から紡希の母親と二人の姉が、カットされた肉や野菜や飲み物を持ってきて、バーベキューが始まった。

バリバリと仕事をするキャリアウーマンを想像していたが、初めて会う紡希の母親はまさに想像通りで、ラフな格好をしていても漂う品格が隠しきれておらず、同じ働く母親でも自分の母親とは随分《ずいぶん》と雰囲気が違うなと結良は思った。

紡希は三姉妹の末っ子で、小学五年生の長女は少し気の弱そうな大人しい印象、小学四年生の次女はボーイッシュで気さく。性格は違えど、陽樹には「かっこいい」と喜び、結良には「デカい」と驚くリアクションは一緒だった。

遠慮なく食べなさい、と言う駿介の言葉に従って結良は焼けた食材を次々と胃の中へ収めていく。とはいえ肉の量は遠慮して野菜を中心に、特にうたの苦手なピーマンを食べた。

「バーベキューって初めてで、わざわざ外で肉焼いて食って何が美味いんだろうって正直思ってたけど。美味いな」

炭火で焼かれた特有の香りや、表面はカリっとしているのに中は柔らかい肉と、焦《こ》げ目がついた野菜の甘みと香ばしさを味わうように噛みしめる。

「みんなと食べるから美味しいんだよ」

「良いことを言うね、陽樹君」

調理をする駿介を手伝いながら、結良と陽樹は箸《はし》を進める。

「それと、僕の焼き加減と自家製ソースのおかげね」

首に巻いたタオルで汗を拭《ふ》く駿介に、二人は「間違いないです」と頷く。

穂乃梨は紡希の母と姉たちに囲まれ、スモアのクッキーサンドを食べながら話に花を咲かせている。うたを真ん中にした幼児たちは三人並んでテーブルに着き、いつの間にか仲良くなって食事を楽しんでいた。

バーベキューが終わると、みんなで片付けてリビングに集まった。

食後のデザートに出てきた駿介お手製のバースデーケーキに五本のろうそくを立て、紡希が吹き消すと拍手に包まれる。

「記念写真を撮ろう。みんな並んで」

いそいそと三脚を立てて駿介が一眼レフをセットする。

「待ってパパ。ハチも連れてくる」

ケーキを前にして座る紡希を中心にみんなが集まりだしたところで、思いついた紡希が立ち上がろうとした。しかし自身の長いスカートを踏んづけて、バランスを崩してしまう。紡希がケーキにダイブしてしまう。誰もがそう思ったときだった。

隣にいた朔太郎が咄嗟に手を伸ばし、全身を使って紡希を引っ張った。反動でよろけた紡希を朔太郎はしっかりと抱きしめ、紡希は転倒を免れた。

「ありがとう。良かった。おかげで、値段が高騰《こうとう》してる生クリームを奮発したパパのケーキが無事だわ」

ケーキを振り返った紡希がホッと胸をなでおろす。

「紡希も無事で良かったな。ピンチのときはいつでも助けるから安心しろ」

朔太郎はどや顔でヒーローの台詞《せりふ》を決めた。

「……う、うん」

急に紡希が俯く。

「つむちゃん、どーしたの？　食べすぎておなか痛い？」

「違うの、うたちゃん。……私、恋しちゃったかも」

顔を赤らめた紡希が、恥ずかしそうに朔太郎を見る。

「つ、紡希？　お前にはまだ早いよ！」

悲鳴に近い駿介の声がリビングに響く。

「そんなことないわ。初恋ならもう去年、担任だったトシヤ先生ですませてるんだから」

「なんだって⁉」

ショックでその場に崩れ落ちる駿介は妻と娘たちに呆れられ、そんな駿介にかける言葉もなく結良と陽樹と穂乃梨は苦笑する。うたと朔太郎は状況が理解できていない様子で
「ハチは、つむちゃんのハムスターなんだよ」「犬みたいな名前だな」と話している。

ハチを手に乗せた紡希を囲んで撮影した記念写真は、駿介だけが引きつった笑顔だった。

「紡希ちゃん。実は僕たちのクラスのみんなから、プレゼントがあるんだ」

スマホを取り出した陽樹がクラスのみんなでお祝い動画を撮ったと明かすと、紡希の姉たちが「すごい！」と喜んで大きなテレビ画面に映す準備をする。

「それじゃ、再生するね」

日差しが入り込むのをカーテンで遮断し、少し暗くなったリビングで陽樹が動画を再生させる。

場所は音楽室。まずはギターボーカル、ベース、ドラムのスリーピースバンドの演奏から始まり、曲に合わせて数人のグループが次々とダンスをする。穂乃梨はユイとミユと息を合わせた振り付けで踊り、演劇部の衣装で王子に変装したぎこちない笑みの結良と、美しいお姫様に変身した陽樹が社交ダンス風にクルクル回る。ダンス部員はキレッキレに踊り、相沢は手品を披露《ひろう》して意外な特技を見せた。

最後はピアノの伴奏に合わせて、全員でバースデーソングを歌う。

『紡希ちゃん、五歳の誕生日おめでと――っ』

クラッカーが鳴り響き、紙吹雪《かみふぶき》が舞い、盛大な拍手で幕を閉じる。

五分弱の動画が終わると、みんなで拍手をした。特に紡希は手が痛くならないか心配になるほど大きな拍手をしていた。

「わたし、こんなにたくさんの人にお祝いされたの初めて。すっごく嬉しい！」

興奮した様子で紡希は感動している。そんな姿を陽樹は写真に撮り、駿介に了承を取り付けてからクラスのみんなに写真を共有した。

「ゆらぁ」

「何だよ」

「つむちゃんが嬉しいと、うたも、みんなも、嬉しいね」

「そうだな」

大切な人が喜ぶというのは、自分も嬉しいんだな。めずらしくはしゃいでいる紡希を前に、今日一番の笑顔になっているうたを見て、結良は思った。

アパートに帰り着いたときにはすっかり辺りは暗く、うたがいつも寝ている時間が間もなく過ぎようとしていた。

紡希のバースデーパーティは夕方前にはお開きになり、陽樹や穂乃梨たちは帰っていったが、興奮冷めやらぬ紡希の強い要望で夕食も誘われた結良とうたは「食べて行きなさい」という駿介の言葉に甘えてご馳走《ちそう》になった。

送ってもらった駿介の車の中で眠ってしまったうたを背負い、部屋の中へ入ろうとした結良は、玄関に小さなメモが貼ってあることに気がついた。

『連絡ください　茂』とだけ書いてある。

思わずポケットに手を当てて、ハッとする。結良はスマホを持っていなかった。電池残量が少ないのに気付いて部屋の充電器に差し、そのまま出かけていたのだ。

茂はここに来た。しかし、うたも結良も留守だったため帰った。わざわざメモを残して。今日出かけることは伝えてあったし、茂は明日の日曜日の朝にうたを迎えに来る予定になっているのに。

まさか、入院中の母親に何かあったんじゃないだろうか。結良は急いで部屋に入ると、うたを背負ったままスマホを確認する。メッセージは入っていないが、着信が複数あった。

結良はすぐさま茂に電話をかけた。

『結良君。帰ったか』

「はい。あの、母さんに何かあったんですか？」

『浩子なら、経過は順調で予定通りに退院できそうだ』

「……そう、ですか」

母親に何かあったわけではなかった。心配が杞憂に終わって良かったが、それならどうしてメモまで残して連絡を取りたかったのだろうか。

『静かだね。うたは寝ているのか？』

「はい……」

そこで結良はうたを背負ったままでいたことに気付く。

『結良君。スマホは必ず携帯するように』

「……はい」

おやすみ、の言葉を最後に電話は切れてしまった。特にこれといった話もなく。

何だったんだろう。結良はとりあえず布団を敷いてうたを寝かせた。

本当に、何だったんだ？　結良は茂に叱《しか》られたように感じた。

確かにスマホを持っていなかったのは良くなかったかもしれない。でも、緊急の連絡があったわけじゃない。結良はだんだんと腹が立ってきた。子どもを預けておきながら、子ども扱いされるのが癪《しやく》に障《さわ》る。

「はぁ」と苛立《いらだ》ちが交ざったため息を吐きだしたとき、玄関のメモの存在を思い出した。まだ貼ったままだった。

破り捨ててやろうと玄関へ戻り、メモを剥《は》がす。そこに、コンコンコンとリズムよく階段を踏むハイヒールの音が降りてきた。「おかえり」と声をかけてきたのは咲羽子だった。咲羽子の顔を見たとたん、不思議と苛立ちが少しだけ和《やわ》らぐ。結良はメモを剥がすと半分に折ってポケットへ滑り込ませた。

「玄関の音がしたから、帰ってきたと思って見に来たよ」

「……俺に、何か用ですか？」

「お父さんに連絡した？」

「……メモ、見たんですね」

　恥ずかしいものでも見られたようで結良はいたたまれなくなる。

「コンビニで、お父さんに会ったんだよ」

　買い物をしていたら、誰かを探すように店内を回っていた茂に声をかけられたという。

「夜になっても子どもたちが帰ってこない。連絡もつかないって、心配して探していたよ」

『子どもたち』の中に自分も含まれていると思うと、結良は小さな違和感を感じた。しかしあの着信の意味が分かると、内に渦巻いていた苛立ちが一気に萎《しぼ》んでいく。

　幼い娘が家にいるはずの時間帯に、家にいなかったのだ。連絡も取れなければ心配するのは当然だ。よく考えたら分かることだった。

「キミはしっかりしている。お父さんがキミを信用しているのも分かるよ。それでもきっと親というのは、息をするように子どもを案ずる生き物なんだと思う」

　隣の部屋の明かりは消えている。若いサラリーマンが住んでいる部屋だが、大人が就寝するにはまだ早い時間だから、きっと留守なのだろう。それでも咲羽子は配慮するように声を小さくしている。

「お父さんが引っ越しの挨拶に来たとき、まだ高校生になったばかりで、初めて一人暮らしをするキミのことをとても気にかけていたよ」

「……本当の父親じゃ、ありません」

言うつもりはなかったのに、言葉が口をついて出る。「え?」と聞き返す咲羽子に、結良は母親の再婚のことを話した。

「いい人だとは思います。親の再婚に不満があるわけではないし、むしろ相手があの人で良かったと、今は思います」

一度開いてしまった口は堰《せき》を切ったように次から次へと胸中を吐き出していく。

「世間的には父と息子でも、本質的には違う。父親として認めたくないんじゃなくて、上手く受け入れることができないんです。きっとそれは向こうも同じだと思います。いきなりこんな大きな息子が出来たわけですから、戸惑わないわけがないじゃないですか」

最初は関わるつもりはなかったから何とも思わなかった。でも、うたを預かって関わるようになったら、そうはいかなくなった。

「それなりに接していても、どこか演じているような窮屈《きゆうくつ》さがあって。うたといるときみたいに自然ではいられないんです。あの人がいると家族という枠組みから、俺だけが浮いてしまう。そんな気がするんです」

「要するに。キミは、お父さんとの関係に悩んでいるんだね」

「……そう、ですね」

これだけ話しておいて今更「違います」なんて言えない。結良は素直に認める。

「それは大変だね。でも、キミたちはそれでいいんじゃないかな」

突然の悩み相談にも、咲羽子は平然とそう言いきる。

「家族は血縁で縛るものでも、無条件な愛情が必ず組み込まれているものでもない。家族の定義は人それぞれで、家族を規定する法律はないからね」

ふと、そこで結良は思う。

家族って、何だろう。生前の父親と母親と三人で暮らした名古屋《なごや》の家が脳裏に浮かぶ。

「私は家族と離れて暮らしているけれど、家族と繋がっているから孤独をあまり感じない。キミも孤独じゃない。だから悩むんだろうね。でもそれは、キミがちゃんとお父さんと向き合えている証拠でもある」

「俺が、向き合ってる……？」

そうだよ、と咲羽子は柔らかく微笑む。

「焦る必要はない。それが今の、キミたちという家族なんだから。きっとこれから、もっと家族になると思う。いろんな家族があっていいんだよ。だから今のままでいいんだよ」

あくまで客観的で個人的な意見。咲羽子はそう付け足した。

「そろそろ部屋に戻るよ。おやすみ」

「おやすみなさい……」

二階へ上がっていく華奢《きゃしゃ》な背中を見送って、結良も部屋の中へ戻った。

咲羽子の言葉は理解できるような、できないようような。ただ、結良は自分の気持ちが落ち着いて、あんなにモヤモヤしていた心も軽くなっているのを感じた。

悩みを解決するためにやるべきアドバイスをもらったわけじゃない。なのに結良は咲羽子の言葉に救われた気がした。

名古屋の家で三人で囲んだ食卓。あれが自分の知る家族像だった。いろんな家族があっていい。アパートで、うたと茂と三人で囲んだ食卓。あれもまた、うたにとっては家族だったんだ。そして自分にも。


翌朝、予定通り茂がうたを迎えに来た。パン屋のロゴがついた袋を抱えて。

小さなテーブルに茂はパンを並べ、結良はコーヒーを二杯とミルク一杯を用意して、三人で朝食を食べる。

結良はクロワッサンを齧《かじ》った。普段よく食べるスーパーの菓子パンでは味わえない、外はパリパリ中はふわふわの食感に目を見張る。茂が美味い店を熟知しているのは知っていたが、その域がパン屋にも及んでいたとは驚きだ。

「おい、うた。チョコが落ちそうだぞ。チョココロネは頭から食え」

チョコクリームがたっぷりのコロネを食べているうたは、結良に言われて疑問符を浮かべる。

「どっちが頭？」

「クリームが見えてる、太い方だ」

「いや、とんがっている細い方が頭じゃないのか」

昨夜のことをまだ怒っているのだろうか。いつもより口数が少ない茂が黙っていられないとばかりに口を挟む。

一瞬の間《ま》が開いた後、結良と茂は同時に『え？』と呟いた。

「茂さん、本気で言ってますか。こっちが頭です」

「結良君、それは違う。昔から頭はこっちなんだ」

突如《とつじょ》始まる、チョココロネの頭はどっちだ論争。

「はいはーい！　うた、分かった」

チョコクリームが落ちないようにペロペロ舐めつつ、うたが手をあげる。

「帽子をかぶせてね、似合う方が頭だよ」

帽子を被ったチョココロネを想像した二人が、同時に眉間《みけん》に皺《しわ》を寄せる。

どちらも似合わない。そもそもコロネは帽子を被らない。

「うたはすごいな。素晴らしい発想だ。まだまだあるから、たくさん食べなさい」

「うん。全部食べるぅ」

娘可愛さに目を細めた茂が離脱したことで、どうでもいい論争は終結した。

「トイレ行きたくなってきた」

チョココロネを半分食べたところで、うたの手が止まる。

「……行けよ」

しばしの別れを惜しむように食べかけのコロネを皿に置き、うたは廊下を走る。左の扉を開けて「間違えたぁ」と叫んでから右のトイレの扉を開ける。この癖は直る気配がない。

「結良君。昨夜はすまなかった」

トイレの扉が閉まってすぐ、茂が結良に言った。突然の謝罪に結良は反応できず、咀嚼《そしやく》していた口だけが静かに止まる。

茂は昨夜、予定より早く仕事が片付き、夕食の時間には間に合いそうになかったが、うたがまだ起きている時間にはアパートへ行けるだろうと思い、うたを迎えに来たという。

「友達の家に行くと聞いていたが、帰りが遅くなることは予測していなかったんだ。結良君に非はない。なのに昨夜はつい、きつい言い方になってしまった」

「……俺がスマホを持って出かけていれば、連絡はつきました」

一晩経つと、結良は反省できるまでに落ち着いていた。茂は首を横に振った。

「結良君の自由を奪い、束縛するような発言をしてしまった。ただでさえ結良君には、うたのことで迷惑をかけているというのに。申し訳ない」

誠意が伝わる丁寧な口調で述べて、茂は深く頭を下げた。

「……それは違いますよ」

駿介や陽樹、穂乃梨に頭を下げたいつかの自分を、結良は思い出していた。茂は不思議そうに顔を上げる。

「これは友達の受け売りなんですけど。『ごめんよりも、ありがとう』です」

結良は自然と口角が上がる。茂が驚いているのは結良の言葉なのか。それとも滅多に見られない結良の笑顔なのか。結良は思った。両方だろうな。

「謝るのは違います。俺、迷惑だなんて思ってませんから」

トイレの扉が開いた。言葉を失っていた茂は、やがて「そうだな。ありがとう、結良君」と破顔《はがん》する。いつもは真面目を貼り付けたような表情の茂が、うたを前にすると綻ぶその顔と同じになる。

チョココロネが待つ食卓へ一目散《いちもくさん》に戻ってきたうたは、再会を喜ぶと幸せを噛みしめるようにパンを齧る。そんなうたが愛《いと》おしく思えて、共感を求めるように結良の目は自然と茂に向く。目が合うと同じ気持ちでいるのが伝わり、結良は何だかホッとして二個目のクロワッサンを頬張る。

いろんな家族があっていい。咲羽子の言葉は結良の悩みを吹き飛ばした。今のままでいい。多少ぎこちなくても、これが自分と茂の親子のかたちなのだ。そう思うと、結良は自分でも驚くくらいすんなりと新しい父親との関係を受け入れることができた。

四限目の授業が終わり昼休憩に入ると、結良は相変わらず誰もいない音楽室前へ向かう。全員の名前を覚えたクラスにはだいぶ溶け込んだが、一人の静かな時間も好きなことに変わりはない結良は、毎回一人で昼食をとっている。

すっかり定位置になった階段に腰を下ろし、購買で買ったおにぎりを食べ始めたときだった。

「結良、こんなところにいたんだね」

階段の下から馴染みの声が響いてきた。ギョッとして顔を向けると、陽樹がひょっこりと顔を出している。

「……何でここが分かった？」

「後をつけようとしても、いつも結良は消えちゃうんだよね。そんなデカい図体してさ」

ランチの誘いだけは頑《かたく》なに断り、幾度も陽樹の追跡をまいてきたが、ついに見つかってしまった。もう諦めただろうと油断していたのが敗因だろう。

「いいところだね。静かだし、ひんやりしてて涼しいし」

もちろん断りもなく陽樹は結良の隣に座り、購買のサンドウィッチを広げる。結良は観念しておにぎりを食べ進める。

他愛もない話をしながら二人で食べる。一人の時間を奪われてしまった結良だが、何故か嫌な気はしない。飯がいつもより美味しく感じるからだろうか。

「小学校の校長先生、覚えてるでしょ？」

「あぁ。お前が入学式で転ばせた」

「そう。四年生になったときに、あの校長先生は別の学校へ異動したんだ」

「そうか」

「だけど卒業する少し前に、校長先生に再会する機会があったんだ。で、僕はついに自白したんだよね。入学式で足を引っかけたのは僕ですって」

「……それで？」

「校長先生に言われちゃった。『知ってたよ。君のことはずっと忘れなかった』ってね」

「バレてたんだな」

「謝ったら許してくれて、卒業を祝ってくれた。中学生になったら、もうしょうもない悪戯はしないようにって。僕はその言いつけをちゃんと守って、いい子でいたんだよ」

「どうだかな」

想像できなくて笑ってしまう。

「結良、よく笑うようになったよね。うたちゃんに似てきた」

「……うるせぇよ」

揶揄《からか》われたとたんに不貞腐れる結良だが、これも不思議と悪い気がしなかった。


築七年。全六戸二階建てアパートの角部屋一〇三号室。

小さな靴箱が備え付けられたコンパクトな玄関。短い廊下の右手にはトイレ、左手には洗面台と浴室。奥へ進むと四・五畳のダイニングキッチンがあり、簡易的な間仕切りの先には十畳の洋室と、申し訳程度に付いたベランダがある。

一人で暮らすには充分過ぎる広さだが、四歳児と同居するには少し手狭だ。そんな部屋にうたが来て、もうすぐ二カ月が経とうとしている。

「うた、おかあさんのお手伝い、いっぱいするんだぁ。だって、おねぇさんになるんだもん！」

夕食後、乾いた洗濯物を畳む結良の横で、うたも見よう見まねで自分の服を畳んでいる。拙《つたな》い動作で畳まれた洗濯物は、畳むというよりは小さく丸められている。

入院中の母親は来週、退院が決まった。いつの間にか「うかあさん」ではなく「おかあさん」と言えるようになったうたは、自宅マンションでまた母親と暮らせる日が待ち遠しいようだ。

「お手伝いしたら、きっとごほうびにプリン、作ってくれるよ」

おかあさんのプリンだーい好き。という歌詞を繰り返す即興ソングを歌いながら、うたは洗濯物を畳み、いや丸め終えた。

「うた。風呂に入るぞ。パジャマとタオルを持って……」

準備を促《うなが》そうとした結良だが、うたの異変に気付いて動きが止まる。急に元気を失《な》くしたうたが、何かを訴えるような目で結良を見つめている。

「……どうした。腹が痛いのか？」

今日の夕飯に作ったお好み焼きが気に入り、お代わりをしていたうたが食べ過ぎで腹を壊したのかと心配したが、うたは首を横に振る。

「ゆら、ほんとーに一人がいいの？　みんなと一緒じゃ、だめなの？」

寂しそうに、でもどこか拗《す》ねている様子を見て、結良は理解した。『俺は一人が好きなんだよ。だからここに一人で住んでるんだ』うたがここへ来たとき、結良は一人暮らしをする理由をそう話していた。

「ゆらも一緒がいいよぉ。パパと、おかあさんと、うたと。一緒にお家《うち》に住めないの？」

みんなで。四人で。一緒に暮らしたい。それがうたの望みなのだろう。

今なら、それも悪くはないと思う。しかし……

「俺はこれからも、ここに住む。……向こうの家は、学校から遠いからな」

学校に近いという利便性は手放しがたい。それに今はまだ、離れて暮らすこの距離感が自分には必要だと結良は考える。焦らなくてもいいと言ってくれた咲羽子の言葉があったからこそ、茂と良好な親子関係が続けられている。

「ゆらは、うたと離れて寂しくないの？　うたは、すっごく寂しくなっちゃうよ。泣いちゃうかもしれないよ？」

そう言ううたの目は既に潤んでいる。

きっと自分も寂しくなると、結良は思う。

「大丈夫だ。離れていても、すぐに会えるだろ。だって」

うたの頭を優しくぽんぽんと叩く。

「俺たちは、家族だから」

うたにとって結良は「にぃに」で、家族。そんなことは当たり前だ。

「うん！」

それでもうたがニッコリ笑ったのは、初めて家族だと言った結良の言葉に嘘はないと分かり、安心したからかもしれない。

風呂と歯磨きを済ませたうたは選んだ絵本を結良に渡し、いつものようにクマのぬいぐるみを抱いて布団の中へ入った。

「ゆらぁ」

「何だよ」

もじもじしながら、せっかく入った布団からうたが出てくる。トイレかと思っていたら、胡坐《あぐら》をかいている結良の足の上にクマを抱いたまま座った。

「読んで」

いつにも増して甘えん坊な妹の仰《おお》せのままに、結良はページをめくる。特等席のうたは物語が始まる前から楽しそうに身体を揺らしている。左右に動く頭が少し邪魔だが、何度も読んでいるこの絵本なら、目を瞑《つむ》っても読めそうだ。

「そして、みんなはなかよくくらしましたとさ。ほら、終わったから寝るぞ」

「えー。まだ眠くないよぉ」

「あくびしながら何言ってんだ」

「おかわり！」

「飯じゃねぇんだよ」

結局もう一冊読む羽目になったが、途中で眠ってしまったうたを布団に寝かせた。

すやすやと夢の中に入った寝顔を見ながら、結良は思う。最初は途方もなく長いと感じた二カ月が、あっという間に終わろうとしている。

一人暮らしを始めた矢先にうたがアパートへやってきて、結良の生活は目まぐるしく変わってしまった。でも、全く嫌ではない。

顔を上げた結良の目に、壁に飾ったうたの絵がとまる。赤いドレスのその女性は、天国から明るく笑って娘を見守っている。

父さんも、今の自分をどこかで見ていてくれたら嬉しい。結良は柄《がら》にもなく開けたカーテンの隙間《すきま》から白く浮かぶ月を眺めた。

一人が好きな俺を孤独にさせてくれない、大切な友達。それから、一人を選んだ俺を自由にさせてくれない、大切な家族が出来たよ。父さん。

※この作品はフィクションです。実在の人物・団体・事件などにはいっさい関係ありません。

集英社オレンジ文庫をお買い上げいただき、ありがとうございます。
ご意見・ご感想をお待ちしております。

● あて先
〒101-8050　東京都千代田区一ツ橋2-5-10
集英社オレンジ文庫編集部 気付
鈴森丹子先生

ワケあっておチビと暮らしてます

集英社
オレンジ文庫

2025年2月24日　第1刷発行

著　者　鈴森丹子
発行者　今井孝昭
発行所　株式会社集英社
〒101-8050東京都千代田区一ツ橋2-5-10
電話【編集部】03-3230-6352
【読者係】03-3230-6080
【販売部】03-3230-6393（書店専用）
印刷所　TOPPANクロレ株式会社

ISBN 978-4-08-680605-3 C0193

wake atte ochibi to kurashitemasu